W0299768

ATTENDS-MOI

Rebecca St. James

avec Dale Reeves

AUTEUR, COMPOSITEUR, INTERPRÈTE

ATTENDS-MOI

farel
EDITIONS

B.P. 20, 77421 MARNE-LA-VALLÉE CEDEX 2, FRANCE

Titre en anglais : ***Wait For Me***
Publié aux États-Unis par Thomas Nelson, Inc à Nashville, Tennesse
Copyright © 2002 Rebecca St. James

Traduit avec l'autorisation – Tous droits réservés

Edition française, Copyright © 2002
Editions Farel
B.P. 20
77421 Marne la Vallée, Cedex 2, France

2e réimpression : 1er trimestre 2004

Traduction : Antoine Doriath
Couverture : Jacques Maré – IOTA
Composition : Éditions Farel
Impression : IMÉAF, 26160 La Bégude de Mazenc, France

Dépôt légal : 1er trimestre 2004 — N° d'impression : 04.0026

ISBN 2-86314-281-X

A ceux dont les larmes de regret ont inspiré ces pages.
Mais surtout, à Dieu.
Puisse-t-Il se servir de ces paroles pour redonner de l'espoir
et sécher le cœur de ceux qui pleurent,
et empêcher les autres de verser les mêmes larmes amères.

A propos de l'auteur

Rebecca St. James vient d'Australie où sa famille vécut jusqu'à ses quatorze ans. Elle a débuté dans la musique chrétienne à l'âge de treize ans, en accompagnant l'artiste chrétien Carman lors d'une tournée en Australie. En 1991, la famille de Rebecca St. James s'établit aux États-Unis et en 1994, Rebecca signa un contrat avec la maison de disques ForeFront Records. Depuis, elle a enregistré six albums : *Rebecca St. James, God, Christmas, Pray* (qui obtint une récompense), *Transform* sur lequel se trouve le chant « Attends-moi », et *Worship God*.

Introduction

J'avais seize ans, et j'avais été sollicitée pour chanter devant plusieurs centaines de personnes dans un parc des environs. Le thème traité par l'orateur ce soir-là était celui de la pureté sexuelle.

Après son exposé, le conférencier demanda à tous les jeunes de l'auditoire qui, parmi eux, acceptait de s'engager à ne pas avoir de relations sexuelles avant le mariage ni en dehors du mariage. Presque tous les jeunes levèrent la main. Moi aussi.

Depuis ce jour, j'ai dans mon cœur l'ardent désir de faire connaître le merveilleux dessein de Dieu pour la protection du mariage par l'abstinence sexuelle jusqu'au jour J. Depuis des années, j'aborde ce sujet ; je parle ouvertement de ma virginité et j'encourage les jeunes à prendre position et à se préserver pour le mariage. Depuis longtemps je nourris l'idée d'écrire une chanson qui encouragerait les gens, y compris moi, à défendre la pureté. Un jour, alors que je parcourais une liste d'idées pour mon CD intitulé *Transform*, je notai quelques mots concernant une chanson sur la pureté, avec les mots *Mon amour.*

Les mois passèrent et j'arrivai au bout du CD. Nous avions finalement trouvé toutes les chansons dont nous avions besoin… mais aucune n'abordait le thème de la pureté.

Cet été, alors que je participais à un festival chrétien, j'y rencontrai un ami. Au cours de notre conversation, il me demanda si j'avais écrit la chanson sur la pureté dont je lui avais parlé des années plus tôt. Devant ma réponse négative, il m'encouragea (avec d'autres) à en écrire une sur l'abstinence, car il estimait qu'il y avait un réel besoin dans ce domaine.

J'écrivis la chanson quelques semaines plus tard. Je crois fermement que Dieu me l'a inspirée, car il ne me fallut qu'une heure environ pour la composer.

Je bénis Dieu pour le don de la chanson « Attends-moi ». Ce fut pour moi un plaisir sans borne de recevoir des milliers d'e-mails, de lettres et de communications téléphoniques de gens qui avaient été favorablement impressionnés par son message. En huit ans, jamais une de mes chansons n'avait touché un point aussi sensible. Cette expérience me fit comprendre que nous avons tous besoin d'être encouragés à être forts sur le plan de la pureté. Il ne suffit toutefois pas de garder son corps dans la pureté, il faut encore garder purs son cœur et tout son être.

J'ai écrit ce livre sous l'inspiration de la chanson *Attends-moi* et en réponse à tous ceux dont la vie a été transformée. Dans cet ouvrage, je partage mes expériences personnelles et les récits d'amis intimes et de membres de ma famille qui savent des choses que j'ignore encore (par exemple au chapitre 5, « Amour et mariage ») et qui ont des paroles de sagesse à transmettre. Ma prière est que vous puissiez vous délecter à la lecture de ces pages en redécouvrant la joie et la beauté qu'il y a à attendre l'âme sœur dans la pureté. Prenez courage, vous n'êtes pas seuls à combattre. Nous faisons front ensemble avec la force de Dieu.

Soyez fermes… et bonne lecture !

ATTENDS-MOI

de Rebecca St. James

Mon amour, sais-tu que moi,
Je rêve de toi,
Impatiente de croiser ton regard,
Celui de notre première rencontre.
Mon amour, sais-tu que moi,
Je prie pour toi
Afin que tu poses ton regard d'amour
Uniquement sur moi.

Mon amour, je t'attends,
Je prie pour toi.
Attends-moi aussi.
Attends-moi comme je t'attends.
Mon amour, je t'attends,
Je prie pour toi.
Attends-moi aussi.
Attends-moi comme je t'attends.
Mon amour, attends-moi.

Mon amour, sais-tu que je rêve d'une vie ensemble,
Sachant qu'elle sera pour toujours ;
Je serai à toi, et tu seras à moi.
Mon amour, en disant
« Jusqu'à ce que la mort nous sépare »,
Je le pense de tout mon cœur.
Je te serai fidèle maintenant et à jamais.

Mon amour, je t'attends,
Je prie pour toi.
Attends-moi aussi.
Attends-moi comme je t'attends.
Mon amour, je t'attends,

Je prie pour toi.
Attends-moi aussi.
Attends-moi comme je t'attends.
Mon amour, attends-moi.

Je sais que tu as peut-être commis des erreurs
Mais le pardon existe
Et avec lui une nouvelle chance.
C'est pourquoi, mon amour,
Attends-moi,
Attends-moi.

Mon amour, je t'attends,
Je prie pour toi.
Attends-moi aussi.
Attends-moi comme je t'attends.
Mon amour, je t'attends,
Je prie pour toi.
Attends-moi aussi.
Attends-moi comme je t'attends.
Mon amour, attends-moi.

Chapitre 1

RÊVER DE NOUVEAU

Tu as souvent fait ce rêve...

Tu es perdue et seule dans la forêt sombre ; le danger te guette derrière chaque arbre. Tu as froid, tu as faim et tu es épuisée. Tu t'interroges : Où ai-je perdu mon chemin ? Tu retournes sur tes pas, mais tous les arbres se ressemblent et chaque enjambée augmente ton sentiment de solitude.

Soudain, tu entends le bruit d'une bête énorme qui fonce droit sur toi ; le sol tremble sous tes pieds. Paniquée, tu cherches un endroit où te réfugier.

Finalement la créature surgit dans la clairière, et s'arrête à quelques centimètres de l'endroit où tu es assise à même le sol, complètement terrifiée. Mais à ta grande surprise, au lieu d'un animal effrayant, tu aperçois un superbe étalon que chevauche un noble et charmant cavalier. L'homme te sourit, d'un sourire qui éclaire son visage, et te donne l'assurance que tu peux lui faire confiance.

Toute crainte disparaît au moment où il saute de sa monture et t'offre son aide pour sortir de la forêt et t'accompagner en toute sécurité chez toi. Avant que tu puisses t'en rendre compte, il te prend dans ses bras, te pose doucement sur le cheval et t'éloigne de cette forêt terrifiante pour traverser les espaces ouverts baignés des chauds rayons du soleil.

En chevauchant au soleil couchant, tu as l'impression de voler et pressens que la vie ne sera plus jamais comme avant. Après tout, c'est peut-être l'amorce du bonheur « à tout jamais » dont tu as toujours rêvé.

Ou celui-ci...

Le roi a lancé un appel pour retrouver et sauver la princesse, sa fille unique. Elle a été enlevée par le Prince des Ténèbres, un sire corrompu, et le roi a promis de la donner en mariage à celui qui la ramènerait saine et sauve dans son royaume.

Tu es parfaitement conscient des dangers de cette expédition ; tu dois naviguer au milieu des eaux infestées d'alligators, traverser des forêts abritant des bêtes sauvages, des sables mouvants et des marécages, et escalader une falaise raide qui conduit à la forteresse du Prince des Ténèbres. Plus d'un chevalier a perdu la vie en voulant sauver la jolie demoiselle qui continue de rêver d'un véritable amour qui l'arracherait aux griffes du mal. Mais tu as le courage et la force de surmonter tous les obstacles. Tu es un champion aguerri et ta monture est à la hauteur du défi.

Tu traverses prestement marécages et forêts, triomphes d'innombrables créatures horribles assoiffées de sang. Puis tu escalades la falaise abrupte qui plonge dans le précipice.

Au moment où tu poses tes pieds sur le territoire du Prince des Ténèbres, tu es accueilli par ses deux acolytes. Tu dégaines ton épée à double tranchant ; en un clin d'œil, tes adversaires regrettent d'avoir livré bataille contre toi. Avec un courage qui ne faiblit pas, tu attaques et pares les coups, transperçant les méchants serviteurs du Prince des Ténèbres.

Au moment où tu abandonnes derrière toi tes ennemis blessés sur le sol, voilà qu'un nouvel obstacle se dresse sur ton chemin : un immense dragon crachant du feu garde le fossé entourant le château. Avec le courage et la force qui t'animent, et ta fidèle épée sur le côté, contre tout pronostic, tu tues la bête hideuse. La blessure au bras que t'a occasionnée le dragon est un prix bien léger à payer en comparaison de la joie qui t'attend dans la tour.

Une fois tous les obstacles supprimés, tu montes à l'assaut de la forteresse avec l'agilité d'un alpiniste, et fais irruption dans la chambre pour sauver la princesse. Au moment où tu la prends dans tes bras, elle te regarde de ses yeux tendres et pleins d'admiration, sachant que tu es vraiment celui dont elle a toujours rêvé. Et ton cœur ressent la même chose.

Vous vous échappez promptement par la fenêtre de la tour et courez vers la plage. En descendant en rappel le long de la falaise pour retrouver la monture qui t'attend, tu entres dans un amour éternel avec ta future femme...

Oser rêver
pour vivre le rêve

Mon amour, sais-tu que je rêve de toi,
Impatiente de croiser ton regard,
Celui de notre première rencontre.

LE RÊVE

Si vous êtes une fille, peut-être avez-vous grandi avec le désir d'être sauvée par un chevalier dans son armure rutilante. Si vous êtes un garçon, vous avez peut-être rêvé d'être le chevalier qui vole au secours de la princesse. Dans les deux cas, s'agit-il seulement de rêves, ou d'un désir que Dieu a intentionnellement inscrit au plus profond de votre être ?

Je crois personnellement que Dieu a délibérément placé « Le Rêve » en chacun de nous. Nous soupirons tous après l'intimité, après une personne qui puisse nous connaître à fond et nous aimer totalement. Nous aspirons à pouvoir épancher notre cœur et néanmoins être acceptés tels que nous sommes. Un garçon a l'envie de protéger, une fille celle d'être protégée. C'est ainsi que Dieu nous a créés. Si nous suivons son plan, nous en retirons de grandes bénédictions.

Car moi, le Seigneur, je sais bien quels projets je forme pour vous ; et je vous l'affirme : ce ne sont pas des projets de malheur mais des projets de bonheur. Je veux vous donner un avenir à espérer. Si vous venez alors m'appeler et me prier, je vous écouterai ; si vous vous tournez vers moi, vous me retrouverez. Moi, le Seigneur, je vous le déclare : si vous me recherchez de tout votre coeur, je me laisserai trouver par vous.

JÉRÉMIE 29.11-13, BIBLE EN FRANÇAIS COURANT

Hélas, dans la culture actuelle, nombreux sont ceux qui ont renoncé à ce rêve et ont préféré quelque chose d'inférieur à ce que Dieu avait prévu pour eux. Comme me le confia une jeune fille, « j'étais prête à abandonner tout espoir de rencontrer un garçon qui accepterait d'attendre patiemment (abstinence sexuelle et fidélité émotionnelle) que Dieu lui fasse découvrir sa future épouse, au moment voulu… J'ai toujours connu quelques filles qui désirent attendre et des garçons m'envoient des e-mails pour me dire la même chose. Mais c'est si rare. Pourtant, les voies de Dieu sont toujours les meilleures. »

Teryn Turner et Josh Penner sont deux de mes amis proches. Ils sont tous deux entièrement consacrés à Dieu et décidés à rester purs. Teryn était engagée dans un ministère auprès de la jeunesse. Josh a fréquenté une école biblique. Tous deux sont issus de familles chrétiennes solides. Josh aime le snowboard ; Teryn aime danser le swing. Ils sont jeunes, gais, attirants… et s'abstiennent de relations sexuelles. Ce sont eux qui sont représentés sur la couverture et dans les pages intérieures du livre que vous tenez entre vos mains.

La question des photos destinées à illustrer mes propos dans ce livre fut un problème pour moi. Eric Welch, le photographe, me donna carte blanche pour trouver les accessoires ; vous auriez dû voir mon sourire jusqu'aux oreilles lorsque je parvins à dénicher un tandem pour la photo du chapitre 5 ! J'avais réfléchi longuement et intensément (et prié, bien sûr) pour savoir qui mettre en photo de couverture. Il fallait que ce soit un jeune homme et une jeune fille qui partagent mes valeurs morales et qui soient photogéniques. Mes exigences ne constituèrent pas un obstacle pour Josh et Teryn ; j'hésitai cependant à leur demander de poser pour la photo, parce qu'à ce moment-là, ils étaient follement amoureux l'un de l'autre (ce que vous pouvez constater sur les photos) et que je ne voulais pas les soumettre à quelque pression que ce soit. Ils acceptèrent mes conditions… et furent parfaits.

Dans les photos qui jalonnent le livre, j'espère que vous saurez toucher du doigt la joie et la pureté de l'amour romantique. Nous vivons à l'ère du visuel ; c'est pourquoi je souhaite que les clichés vous aident à capter le sens de chaque chapitre. J'espère qu'avec chaque image, nous aurons dissipé un malentendu moderne, à savoir que l'amour ne procure du plaisir et de l'excitation que lorsqu'on transgresse les règles. L'immoralité est promue au rang de vertu : sur les écrans télé, dans les films et dans les chansons. Mais ce que ces médias ne montrent pas, ce sont les conséquences funestes, souvent mortelles, d'un style de vie immoral. En vérité, l'amour le plus joyeux, le plus beau et le plus excitant est celui qui est pur. C'est aussi celui qui se vit dans la plus grande liberté, car il n'est pas asservi aux pulsions sexuelles, ou aux arrière-pensées et désirs égoïstes. Quelle liberté que d'aimer dans les limites parfaites fixées par Dieu !

> *Le Christ nous a libérés pour que nous soyons vraiment libres. Tenez bon, donc, ne vous laissez pas de nouveau réduire en esclavage… Mais vous, frères, vous avez été appelés à la liberté. Seulement ne faites pas de cette liberté un prétexte pour vivre selon les désirs de votre propre nature. Au contraire, laissez-vous guider par l'amour pour vous mettre au service les uns des autres.*
>
> GALATES 5.1, 13, BIBLE EN FRANÇAIS COURANT

RÊVES RÉALISÉS

Pouvez-vous vous représenter avec moi la joie des deux jeunes qui ont su attendre ? Leur jour de noces est une fête joyeuse avec la famille et les amis, qui leur souhaitent ce qu'il y a de mieux. La mariée est tout de blanc vêtue, en signe de pureté de cœur et de corps.

Quelques heures plus tard, le mari conduit sa femme sur le seuil du bungalow qu'ils ont loué pour leur lune de miel. En peu de temps, le feu qu'il a allumé réchauffe la pièce ; après avoir déballé quelques affaires, sa jeune et radieuse épouse s'approche de lui, le visage éclairé d'un sourire de contentement, de confiance et d'espérance. Au moment où il s'approche d'elle pour l'enlacer dans ses bras, tous deux savent qu'ils sont unis devant Dieu, qu'ils jouissent de sa bénédiction et de sa protection sur leur engagement d'amour dans le cadre du mariage. Ils sont désormais prêts à apprendre ensemble et à rassembler leurs premiers souvenirs communs.

Heureux ceux qui ont le cœur pur, car ils verront Dieu !
MATTHIEU 5.8, BIBLE EN FRANÇAIS COURANT

DANS LES MAINS DE DIEU

L'année dernière, on m'a demandé de tenir le rôle de Marie dans une tournée musicale intitulée « L'enfant de la Promesse », qui racontait l'histoire de Noël. J'ai beaucoup apprécié les chants que j'ai dû chanter ainsi que ceux des autres personnages. Un chant m'a beaucoup marquée : celui d'Élisabeth. Il avait pour titre : « Quand le rêve ne meurt jamais. »

L'Évangile selon Luc nous apprend qu'Élisabeth était la cousine de Marie. Elisabeth avait nourri un rêve : pendant des années, elle avait souhaité avoir un enfant. Mais les années avaient passé, et maintenant Élisabeth était âgée ; plus personne ne pensait qu'elle souhaitait encore enfanter. Puis un ange apparut à Zacharie, son mari, et lui annonça qu'elle mettrait au monde un enfant qu'ils devraient appeler Jean.

Dans la pièce que nous interprétions, quand Élisabeth découvrit qu'elle était enceinte, elle fit monter vers Dieu le chant de gratitude suivant :

Au plus profond de mon cœur, il y avait une braise d'espoir
Maintenue allumée par la flamme du désir ;
Un rêve secret que j'aspirais à exprimer ouvertement,
Une faible lueur que mon espoir transforma en feu ardent.
Il dégageait une telle chaleur que je ne pouvais plus le toucher ;
Je le jetai dehors, puis je fermai la porte.
J'avais supprimé tout ce qui pouvait le ranimer.
Mais le rêve ne disparut pas.
Le Seigneur a fait de grandes choses pour moi,
Il m'a regardée avec bienveillance,
Il a entendu tous mes cris,
Il m'a redonné ce que j'avais déposé à ses pieds.
Seul Dieu peut être à l'origine de rêves qui ne meurent jamais.
N'est-ce pas Dieu qui m'invite
A placer tous mes rêves entre ses mains,
A desserrer l'étreinte qui les emprisonnait,
A Lui abandonner tous mes plans ?
Et quand Il est certain que l'homme ne peut plus rien,
Il rallume Lui-même la flamme
Et me demande de croire du fond du cœur
Ce que je n'ai pas pu voir de mes yeux.
Ainsi, le rêve ne meurt jamais.

Non seulement j'aime l'espoir qui se dégage de ce chant, mais je prends pour moi l'invitation à « placer tous mes rêves entre ses mains » et à « Lui abandonner tous mes plans ». Nous savons en effet que notre Père sait mieux que nous, et nous pouvons Lui faire confiance.

Qui aime est patient...

1 CORINTHIENS 13.4, BIBLE EN FRANÇAIS COURANT

REMISE À ZÉRO

Beaucoup d'entre nous ont oublié leur rêve à cause de notre culture qui nous incite à penser autrement ; elle nous a vendu un mensonge qui veut que le rêve soit impossible. L'autre jour, je disais à un ami qu'aujourd'hui beaucoup de gens se marient par peur de laisser passer l'occasion et de se retrouver seuls. Ils n'attendent pas de trouver l'âme sœur, ou la meilleure personne avec laquelle ils aimeraient passer le restant de leurs jours. Ils ont cessé de rêver. Peut-être n'ont-ils jamais cru au rêve !

Lorsque le rêve s'est envolé, qu'il a été remplacé ou étouffé par quelque déception, apprenons à rêver de nouveau, à remettre notre imagination en marche.

J'ai un vieux sèche-cheveux qu'un hôte a involontairement oublié chez moi, et j'y tiens beaucoup. Cet appareil fonctionne à merveille ; il ne souffle pas trop fort, ni trop chaud, juste ce qu'il faut. Mais pour que la magie de ce sèche-cheveux agisse, je dois chaque fois appuyer sur le bouton « Marche ». Autrement, l'appareil reste silencieux et ne fait rien.

Je pense que ce vieux sèche-cheveux est un peu comme nous. A moins d'appuyer sur le bouton « Marche » pour remettre en mouvement notre pensée et notre imagination ; nous sommes paralysés par la peur, par notre passé ou par les pensées alimentées par notre milieu culturel ambiant. En tolérant cette paralysie et en ne goûtant pas à la liberté que procure la confiance inébranlable en Jésus, je crois que nous empêchons souvent nos rêves de se concrétiser. Mon ami(e), remets-toi à rêver.

Même si certains garçons semblent rechercher des filles « faciles », je crois sincèrement que le désir de leur cœur est de trouver une jeune fille qui ne s'est jamais donnée à qui que ce soit et qui ne le fera que lorsqu'elle aura trouvé son compagnon pour la vie. Il en est ainsi parce que Dieu a placé ce désir dans le cœur de l'être humain. C'est l'idéal, le rêve, mais pour beaucoup ce rêve s'est évanoui, ou s'est brisé en mille morceaux. Ils acceptent alors infiniment moins que ce que Dieu avait initialement prévu pour eux.

Pour certains, ce livre servira de remède préventif, et j'espère qu'il les préservera de grosses erreurs. D'autres ont le sentiment que leur rêve leur a été volé, ou bien ils y ont volontairement renoncé, mais maintenant, ils le regrettent. Puisse alors ce livre les guérir et les protéger à partir de ce jour ! Pour ceux d'entre vous qui ont déjà cédé à la tentation sexuelle, les deux chapitres suivants pourront sembler remuer le couteau dans la plaie. Lisez-les cependant attentivement, et sachez que mon désir est de vous encourager et de fortifier ceux qui ne sont pas encore tombés dans le piège. J'espère qu'après les avoir lus, vous saurez quelles décisions prendre, quel que soit votre passé. Ce livre parle de beauté, de joie, de pardon... et d'espérance.

O Dieu, crée en moi un cœur pur ! Fais renaître en moi un esprit bien disposé !

PSAUMES 51.12, BIBLE NOUVELLE VERSION SEGOND RÉVISÉE

Seigneur Jésus, merci d'avoir placé ce rêve dans mon cœur. Je sais que Tu as promis de nourrir des projets de bonheur et non de malheur pour mon avenir, de me donner une espérance et un avenir. Aide-moi à être forte dans l'assurance que Tu as conçu un plan parfait pour ma vie. Je veux Te faire confiance. Je dépose mon avenir à tes pieds. Je Te confie les rênes de ma vie. Je T'apporte tous mes rêves brisés et Te demande de me guérir. Je Te demande de remettre mon raisonnement en marche. Aide-moi à rêver de nouveau.
Je T'aime, Seigneur.
En ton nom. Amen.

Chapitre 2

LA RÉFLEXION IMPORTE

Une adolescente de quinze ans m'a raconté l'histoire suivante par e-mail :

Il y a environ un an, je me suis mise dans de sales draps. J'ai cédé à mes penchants sexuels et me suis adonnée à la pornographie. J'en suis devenue l'esclave. Avant de succomber, j'étais une chrétienne engagée. Quand je me suis aventurée sur cette pente glissante, Dieu n'a cessé de m'envoyer des signaux et des avertissements pour que je m'arrête et fasse demi-tour, sinon les choses risquaient de tourner très mal pour moi. Mais je ne prêtais pas attention à ces mises en garde. A cette époque, je ne voulais plus entendre parler de Dieu.

Peu avant l'été, je racontai à mon petit ami ce que je faisais à mes moments libres. Il me comprit mais ne put m'apporter aucune aide.

Cet été, je fis un voyage missionnaire au Mexique. Je passai les dix jours à rechercher la face de Dieu, et Lui demandai de revenir dans ma vie. Quelques semaines plus tard, lors d'un camp de jeunes, je confessai mes péchés à mes amis les plus proches...

A l'occasion d'un de vos concerts, Dieu se servit de vous pour me parler. Je Lui abandonnai tout et implorai son aide. Avec succès. Dieu me secourut. Il me pardonna mes égarements et use de patience envers moi lorsqu'il m'arrive encore de chuter de temps à autre. J'ai encore un long chemin à parcourir, mais je sais dans mon cœur que Dieu est près de moi pour me soutenir tout le long du trajet.

Préserver ses pensées pour prendre de sages décisions

Mon amour, sais-tu que moi,
Je prie pour toi
Afin que tu poses ton regard d'amour
Uniquement sur moi.

LES YEUX NE SAURAIENT MENTIR

Avez-vous déjà regardé au fond des yeux d'un petit enfant heureux ? Son regard pétille de lumière et de joie. Mais souvent, lorsque l'enfant grandit et devient un adulte responsable, cette lueur d'innocence et de pureté se perd s'il n'a pas donné sa vie à Jésus. Il y a peu d'adultes dans ma vie chez qui je décèle cette joie sublime et enfantine. L'homme qui dirige la louange dans mon église, ma grand-mère, un de mes amis chanteurs, tous ceux-là rayonnent de cet éclat particulier. Leur regard exprime la pureté de la conscience, l'émerveillement de l'enfant devant la vie et le simple amour de Jésus. Je souhaite qu'il en soit de même dans ma vie et dans mon regard.

Mais j'ai aussi connu des gens qui, à cause de la honte, de la peine qu'ils n'ont pas su surmonter, et d'autres raisons encore, n'osent pas me regarder dans les yeux.

Les yeux sont la lampe du corps : si tes yeux sont en bon état, tout ton corps est éclairé ; mais si tes yeux sont malades, tout ton corps est dans l'obscurité. Si donc la lumière qui est en toi n'est qu'obscurité, comme cette obscurité sera noire !

MATTHIEU 6.22-23, BIBLE EN FRANÇAIS COURANT

Si l'œil est « la lampe du corps », nous devons veiller très attentivement sur les informations qui entrent dans nos pensées par nos yeux. Quelqu'un a défini les yeux comme les fenêtres de l'âme ; aussi, pour protéger notre cœur et notre âme, ferions-nous bien parfois de mettre des œillères. Vous avez peut-être permis à vos yeux de communiquer à votre âme des images qui la dégradent. Sachez cependant que quoi que vous ayez permis à votre regard d'introduire en vous, il existe une voie vers la pureté des yeux, où la lumière remplace les ténèbres. Il suffit d'abandonner à Jésus votre passé, votre présent et votre avenir. Même lorsque nous pensons que personne ne nous observe, vivons dans la fidélité à Christ, marchons dans ses voies, à sa lumière. Puisque nos yeux renseignent tellement sur notre vie passée ou présente, la lumière manquante, dérobée par les œuvres des ténèbres, se manifestera dans notre façon de vivre, dans nos yeux ou lors de l'éternité.

N'ayez aucune part aux actions stériles que l'on pratique dans l'obscurité ; dénoncez-les plutôt. On a honte même de parler de ce que certains font en cachette. Or, tout ce qui est dévoilé est mis en pleine lumière.

ÉPHÉSIENS 5.11-13, BIBLE EN FRANÇAIS COURANT

Après avoir désobéi à Dieu, Adam et Ève allèrent se cacher devant le Seigneur et tentèrent de masquer leur honte. Le sentiment de culpabilité est très fort. Il déforme la vision et peut même paralyser. C'est justement ce que Satan veut. Après nous avoir incité à pécher (comme dans le cas d'Adam et Ève), il nous reproche sans cesse le péché commis et nous murmure : « Tu ne mérites vraiment pas l'amour de Dieu ; il vaut mieux que tu renonces. » Il s'y connaît en matière de tentation et aussi en matière d'accusation ! Il ne cherche qu'à nous condamner, à nous culpabiliser et à nous détruire.

L'une de ses armes de prédilection est la solitude. Il aime nous tenter lorsque nous sommes seul(e) et nous dit en douce : « Personne ne le saura. » Pour combattre la tentation dans ce domaine, nous avons besoin d'amis de confiance qui nous considèrent comme des adultes.

LE POUVOIR DE LA PENSÉE

Dieu a créé le cerveau humain comme un ordinateur dont la mémoire a une capacité incroyable. Votre cerveau est capable de se rappeler des pensées et des images qui remontent à plusieurs années. Il est si bien documenté que lorsque quelqu'un regarde des images pornographiques, il se produit des réactions biochimiques capables de rendre la personne dépendante. Une image peut suffire à exciter un individu ; la glande surrénale de son corps sécrète alors dans le sang une substance chimique appelée l'épinéphrine ou adrénaline, et l'image finit par se loger dans le cerveau. Cela explique pourquoi de nombreux adultes affirment être capables de se rappeler la première image pornographique qu'ils ont vue. Dieu souhaite vous épargner la peine de cette dépendance. Le message est simple : Ne jouez pas avec le feu, et vous ne vous brûlerez pas !

Vous avez entendu qu'il a été dit : Tu ne commettras pas d'adultère. Eh bien, moi je vous déclare : tout homme qui regarde la femme d'un autre en la désirant a déjà commis l'adultère avec elle en lui-même. Si donc c'est à cause de ton œil droit que tu tombes dans le péché, arrache-le et jette-le loin de toi : il vaut mieux pour toi perdre une seule partie de ton corps que d'être jeté tout entier dans l'enfer. Si c'est à cause de ta main droite que tu tombes dans le péché, coupe-la et jette-la loin de toi : il vaut mieux pour toi perdre un seul membre de ton corps que d'aller tout entier en enfer.

MATTHIEU 5.27-30, BIBLE EN FRANÇAIS COURANT

Détourne mon regard des affirmations creuses, et fais-moi vivre à la manière qui te plaît.

PSAUMES 119.37, BIBLE EN FRANÇAIS COURANT

TOUT LE RESTE PÂLIT

De temps en temps, je profite d'une journée libre pour me rendre dans un gîte rural. Quel bonheur d'être au calme, de pouvoir me détendre, me reposer, lire, parfois jeûner et tout simplement être avec Dieu. Je garde des souvenirs impérissables de certaines de ces expériences. L'une d'elles me revient souvent à l'esprit.

J'étais assise sous le porche d'entrée de la maison, contemplant le coucher du soleil. A cette heure du jour, on peut regarder l'astre du jour sans être aveuglé par son éclat. Je regardai fixement le ciel dans la direction du soleil depuis quelques instants quand un oiseau perché dans un arbre proche attira mon attention. Je détournai les yeux pour le voir quand soudain il y eut comme un voile noir devant moi. Il fallut quelques instants pour que mon œil s'adapte à une autre clarté et discerne l'oiseau. Je me dis alors que mon regard s'était ajusté à la vive clarté du ciel d'occident au point que toutes les choses qui m'environnaient s'estompaient à l'arrière-plan, et que j'étais même incapable de les voir aussi longtemps que mes yeux fixaient le soleil. Je sentis que Dieu se servait de cette image pour m'enseigner une précieuse leçon. Si nous fixons les yeux sur Jésus, le Fils, alors les choses de la terre, les tentations, les soucis, les peurs et les douleurs perdent de leur importance.

Cela me rappelle un cantique bien connu :

Vers Jésus lève les yeux,
Contemple son visage merveilleux
Et les choses de la terre pâliront peu à peu
Si tu lèves vers Jésus les yeux.

Mais vous êtes aussi ressuscités avec le Christ : recherchez donc les réalités d'en haut, là où se trouve le Christ qui siège à la droite de Dieu. De toute votre pensée, tendez vers les réalités d'en haut, et non vers celles qui appartiennent à la terre.

COLOSSIENS 3.1-2, BIBLE DU SEMEUR

Son cœur est ferme. Toi, Seigneur, tu le gardes en paix, car il te fait confiance.

ÉSAÏE 26.3, BIBLE EN FRANÇAIS COURANT

FUIR LA TENTATION

Il n'y a pas très longtemps, j'eus l'occasion de chanter au siège de l'association Billy Graham. Ce fut pour moi une riche expérience, car je pus dire aux membres de son équipe combien j'appréciais Monsieur Graham. Je le considère comme un héros de la foi. Sa profondeur, son amour pour Jésus et surtout son intégrité représentent beaucoup pour moi. J'ai lu de nombreux récits sur son comportement, et ils m'ont impressionnée. J'ai entendu des gens dire qu'il faisait ôter le téléviseur de sa chambre d'hôtel pour ne pas être tenté de regarder des émissions qu'il savait nuisibles. Il ne monte pas dans une voiture en compagnie d'une autre femme si son épouse n'est pas présente.

Cette attitude m'impressionna tellement que je me décidai à l'adopter à mon tour, même si cela devait me mettre dans des situations embarrassantes. Je suis restée ferme. Une fois, je demandai à un garçon d'hôtel d'aller à la salle de concert et d'en ramener une femme pour que nous puissions parcourir ensemble la courte distance qui séparait l'hôtel de la salle de concert. Je cherche à éviter toute apparence du mal. Si quelqu'un m'avait vue sortir d'une voiture, seule avec un homme, il aurait pu se demander : *Qu'est-ce qu'ils ont encore bien pu faire ensemble ?*

Comment les non chrétiens interprètent-ils nos actions ? La plupart du temps, nous ne pensons même pas à ce que nous faisons. Nous nous disons : *J'ai déjà assez de mal à faire les bons choix dans les questions essentielles de la vie, alors je ne m'embarrasse pas des petits détails comme ceux-là.*

Tu exagères un peu, Rebecca, pensez-vous. Mais le saviez-vous ? Ce sont des petites entorses comme celles-ci dans les choses apparemment insignifiantes qui entraînent par la suite des décisions importantes néfastes. La force de caractère et le courage démontrés dans les « petites » mises à l'épreuve de la vie facilitent la prise des « grandes » décisions plus tard.

> *Comment, quand on est jeune, avoir une vie pure ? C'est en se conformant à ta parole. Je veux te plaire de tout mon cœur, ne permets pas que je dévie de tes commandements !*
>
> *PSAUMES 119.9-10, BIBLE DU SEMEUR*

> *Vous appartenez au peuple de Dieu, par conséquent il ne convient pas qu'une forme quelconque d'immoralité, d'impureté ou d'envie soit même mentionnée parmi vous.*
>
> *ÉPHÉSIENS 5.3, BIBLE EN FRANÇAIS COURANT*

> *Mais examinez toutes choses: retenez ce qui est bon, et gardez-vous de toute forme de mal.*
>
> *1 THESSALONICIENS 5.21-22 BIBLE EN FRANÇAIS COURANT*

UN SANCTUAIRE

Quand nous prions pour notre futur conjoint, nous sommes appelé à garder nos yeux purs pour lui. Lorsque nous confions les rênes de notre vie à Dieu, nous devenons son sanctuaire, son lieu saint ; nous sommes mis à part pour Lui et devons être purs. La mise à l'épreuve fait partie de notre identité de sanctuaire de Dieu. Notre pureté sera éprouvée. Ce sera alors pour nous l'occasion de manifester notre *authenticité*. Mener une vie pure devant Dieu, avec une conscience purifiée, est un merveilleux privilège pour lequel nous pouvons être très reconnaissants à Dieu.

Ne savez-vous pas que votre corps est le temple du Saint-Esprit, cet Esprit qui est en vous et que Dieu vous a donné ? Vous ne vous appartenez pas.

1 CORINTHIENS 6.19, BIBLE EN FRANÇAIS COURANT

PROTÉGER NOTRE PERCEPTION DES CHOSES

Lorsque nous regardons des choses qui nous font du tort (images, vidéos, films, magazines), nous faussons notre perception de la réalité. Jeune homme, si vous vous laissez aller à regarder des images pornographiques, dites-vous bien que vous vous exposez à des difficultés pour plus tard. Car aucune femme ne correspond aux critères dépeints dans ces revues douteuses, dans les cassettes vidéos ou sur les sites Internet. A cause de la technologie des ordinateurs, vous ne regardez pas vraiment la réalité.

De plus, la pornographie vous incite à considérer la femme comme un jouet, comme un objet dont on se sert et que l'on jette ensuite. Cela influencera votre manière de traiter les filles maintenant, et votre femme plus tard. Dans sa Parole, Dieu vous exhorte à les traiter avec respect et une pureté absolue, comme des « sœurs » dans la famille de Dieu. Mais, comme nous l'avons vu dans le récit au début de ce chapitre, que les filles ne se disent pas que la tentation visuelle est uniquement une affaire de garçons. Dieu s'intéresse de très près à ce avec quoi nous remplissons notre esprit. Soyons donc sur nos gardes, en demandant au Seigneur la force de triompher de nos désirs charnels.

N'adresse pas des reproches avec dureté à un vieillard, mais exhorte-le comme s'il était ton père. Traite les jeunes gens comme

des frères, les femmes âgées comme des mères, et les jeunes femmes comme des soeurs, avec une entière pureté.
1 TIMOTHÉE 5.1-2, BIBLE EN FRANÇAIS COURANT

Ma grand-mère m'a donné de bons conseils qui m'ont aidée à me conserver pure de cœur, d'esprit et de corps. Voici un exemple de sa sagesse pratique : « La télévision ne favorise pas la recherche de la pureté. Ne regarde pas les films qui cautionnent des scènes immorales, car *nous apprenons par ce que nous voyons*. Peut-être te dis-tu : "Cela ne me fait rien ; je suis maître de moi." Sache que le diable est rusé, il agit sur ton esprit pour qu'il accepte des idées fausses. Avant que l'on s'en rende compte, nous pratiquons ces choses dans notre vie. »

QUE PORTES-TU ?

Un garçon m'écrivit pour me remercier de ma modestie vestimentaire. Il me décrivit ce qui l'irritait surtout : « Les femmes n'aiment pas être traitées comme des objets ou de façon irrespectueuse, pourtant, beaucoup d'entre elles continuent de se vêtir de façon provocante. » Puis-je dire un mot aux filles ? Je pense qu'il est important que nous nous habillions de manière à ne pas causer la chute de nos frères dans la foi. Que ce soit sur scène ou ailleurs, je veille très attentivement à ce que je porte, et cela pour deux raisons : premièrement, je ne veux pas distraire et égarer les garçons qui sont présents. Deuxièmement, je ne veux pas blesser mes sœurs dans le public qui pourraient être influencées par ma tenue vestimentaire. Je veille à ne pas montrer trop de mon corps (notamment mon dos, mes bras et mon décolleté) ; je m'assure aussi que mes vêtements ne soient pas trop moulants.

Mes chères amies, je reconnais que c'est parfois difficile de trouver des vêtements qui soient à la page, agréables... et décents ! Mais il vaut la peine de chercher. Bien qu'étant sur scène, ce problème ne me concerne pas toute seule. William Shakespeare a écrit : « Le monde entier est un théâtre, et tous, hommes et femmes, n'en sont que les acteurs. » C'est bien vrai ! Les gens vous observent. Je ne veux pas aller au ciel et entendre Dieu me dire un jour que j'étais trop occupée à paraître « cool » au point de faire du tort à ses fils ! Je suis sûre que vous ne le voulez pas non plus.

Une dernière chose. Je me souviendrai toujours du jour où la femme du directeur de notre mission vint parler à notre groupe de jeunes de la décence et de la modestie. Elle donna beaucoup de conseils pratiques ; l'un d'entre eux m'est resté gravé dans la mémoire. Elle déclara que pour avoir une idée de la longueur des jupes ou des shorts que nous devons porter, il suffit de laisser pendre le bras naturellement le long du corps. Le vêtement devrait couvrir jusqu'à l'endroit où le bout du doigt touche la jambe. Je pense que c'est un bon principe. Vous pouvez trouver cette règle prude selon les critères de notre époque, mais Dieu nous appelle à vivre selon des critères différents de ceux adoptés par le monde. Vous pouvez évidemment suivre un autre principe que celui énoncé plus haut, mais l'essentiel est de réfléchir sérieusement à votre façon de vous habiller.

La femme qui s'adressa à notre groupe de jeunes, éprouva bien du mal à parler de ce sujet. Mais elle choisit de le faire parce que quelques garçons du groupe s'étaient plaints de la manière dont certaines filles étaient vêtues. Les garçons ne savaient visiblement plus dans quelle direction regarder. Trop de chair exposée attirait leurs regards. Filles, accordons une faveur à nos frères : soyons des exemples de pureté dans notre cœur, par nos actions… et par notre façon de nous habiller.

J'avais interdit à mes yeux de regarder une jeune fille en la désirant.

JOB 31.1, PAROLE DE VIE

Je désire me conduire parfaitement… Dans ma maison, je mènerai une vie pure. Je ne regarderai pas les actions malhonnêtes. Je déteste la conduite de ceux qui ne sont pas fidèles, elle ne m'intéresse pas.

PSAUMES 101.2-3, PAROLE DE VIE

BIEN NOURRIR SES PENSÉES

Dans ce chapitre, j'ai fixé mon attention sur ce qu'il convenait d'éviter, et sur la manière de détourner le regard de ce qui est mal. Mais il y a *beaucoup* de choses que vous pouvez regarder, lire, écouter, contempler, et télécharger, des choses qui sont utiles pour une solide vie chrétienne.

Paul énonce dans Philippiens 4.8 la règle de bon sens à appliquer pour savoir si telle chose est bonne ou mauvaise pour votre pensée : « En tout cas, frères et sœurs, voici ce qui doit vous intéresser : tout ce qui est vrai et mérite d'être respecté, tout ce qui est juste et pur, tout ce qu'on peut aimer et approuver, tout ce qui est très bon et ce qui mérite des félicitations. » (Parole de vie).

Qu'elles te fassent plaisir, les paroles de ma bouche et les pensées de mon cœur, Seigneur, mon solide rocher, mon défenseur !

PSAUMES 19.15, PAROLE DE VIE

Seigneur Jésus, je Te confie mes pensées. Aide-moi à être sage et à ne pas remplir mon esprit d'images et de messages qui nuiraient à ma relation avec Toi et avec mon futur conjoint. Montre-moi comment être sensible à la voix de ton Esprit pour discerner le vrai du faux, le bien du mal. Garde-moi de devenir accro des choses basses de ce monde. Purifie mon esprit et aide-moi à le remplir de choses qui sont pures à tes yeux. Que ma vie de pureté débute par des pensées pures.
Jésus, je T'aime.
En ton nom. Amen.

Chapitre 3

EXTASE (OU AGONIE) DU SEXE

Un garçon
d'une vingtaine d'années
me partagea ce qui suit :

Mon adolescence et mes années à l'université ont été marquées par beaucoup de tentations, mais j'ai tenu bon à cause de ma future femme... Quand j'avais onze ans, ma sœur est tombée enceinte ; quelques années plus tard, mes parents trouvèrent mon frère avec une fille dans leur lit ! Ils le mirent à la porte de la maison...

Beaucoup de mes amis se vantaient d'avoir eu des relations sexuelles, mais mon attention se portait toujours vers les camarades calmes et brisés. Ils étaient assis à l'écart, et on devinait qu'ils avaient déjà passablement souffert. Lorsque je les interrogeais, ils ne répondaient pas. Et s'il leur arrivait d'ouvrir la bouche, c'était pour me dire qu'ils avaient fréquenté des filles qu'ils croyaient vraiment amoureuses d'eux, qu'ils avaient eu des rapports sexuels avec elles et qu'elles avaient fini par les laisser tomber. Ils avaient tout sacrifié pour elles, leur cœur, leur corps et leur esprit, et étaient sortis meurtris de leurs expériences. La tristesse qui se lisait sur leurs visages fendait le cœur. Elle me communiquait un message : attendre encore. Si ce n'était pas dans l'intérêt de ma future femme, c'était au moins dans l'intérêt de tous ceux avec qui j'entrais en contact.

Lorsqu'on attend, on n'a aucun regret de ce qui est arrivé, car il ne s'est rien passé. Pas besoin de devoir dresser la liste de tous les partenaires sexuels, puisqu'il n'y en a eu aucun. Pas besoin de redouter que l'épouse ne soit pas une partenaire aussi expérimentée qu'une partenaire précédente, puisqu'il n'y en a pas eu qui puisse pu servir de point de comparaison... Nous sommes exhortés à nous aimer l'un l'autre comme Christ nous a aimés. Les relations sexuelles prémaritales ne nous concernent pas seulement nous et notre partenaire du moment. Elles ont des répercussions sur nous, notre partenaire actuel, notre futur conjoint et le futur conjoint de notre partenaire du moment. Ce que nous faisons au cours d'une nuit a des conséquences sur au moins quatre personnes. Il vaut donc mieux attendre et se conformer à la volonté de Dieu plutôt que suivre les désirs coupables et être malheureux ensuite.

Pourquoi il vaut mieux attendre

Mon amour, je t'attends,
Je prie pour toi.
Attends-moi aussi.
Attends-moi comme je t'attends.

RÊVES BRISÉS

Imaginez un instant le scénario suivant. Un garçon et une fille décident de coucher ensemble pour la première fois.

Il la désire physiquement ; malgré les signaux qui s'allument dans sa tête, il décide de ne pas en tenir compte et d'aller jusque-là où il n'est jamais allé auparavant. Il fait l'expérience de la jouissance physique, mais après l'acte, il tente de bannir les sentiments de culpabilité et l'idée que tout ce qu'il a fait en somme, c'était se servir de la fille.

Elle a besoin d'affection et apprécie beaucoup les sensations provoquées par le toucher du garçon. Mais en même temps, elle a peur et se sent exploitée. Tous deux prennent une douche et s'efforcent de se « laver » des sentiments d'impureté. Il n'y avait aucun amour durable ni avant, ni après, simplement la convoitise. Une semaine plus tard, c'est la rupture entre eux ; le garçon et la fille éprouvent alors l'agonie de s'être livrés sans réserve l'un à l'autre. Ils sont devenus une seule chair, sans partage d'amour et sans engagement réciproque.

Comme je ne suis pas en mesure de bien comprendre l'agonie que peut produire une relation sexuelle en dehors du mariage, je tiens à ce que vous écoutiez quelqu'un qui a très mal vécu un épisode similaire. Une fille m'écrivit un jour son expérience :

> Mes parents m'ont toujours dit d'attendre d'être mariée pour avoir des relations sexuelles. Bien qu'ayant gardé ce désir dans mon cœur, je me suis égarée. A l'âge de dix-sept ans, j'ai commencé à fréquenter un garçon qui ne partageait pas ma foi. Je crus avoir découvert le véritable amour. Au bout d'un certain temps, je sentis qu'il se lassait de moi et il décida de rompre. J'eus tellement peur de le perdre que je lui dis être prête à me donner totalement à lui. Il fut choqué et essaya de me dissuader (il savait certainement le prix que j'attachais à l'abstinence avant le mariage), mais je lui dis que désormais, cela m'était bien égal. Je lui répétai que je l'aimais et que j'étais triste à la pensée qu'il n'était pas satisfait de moi.
>
> Nous avons donc fait l'amour dans ma chambre. Je ne cessai de me dire et de me redire qu'en réalité il ne se passait rien de dramatique. Mon être tout entier resta amorphe et insensible. *Je ne ressentais rien* ! Je fermai fortement les yeux et attendis ce qui me parut une éternité. J'essayai d'agir normalement, d'être heureuse, de faire croire que j'avais joui de cette expérience. Je me sentis mal et demandai à mon compagnon de s'en aller. Après son départ, je restai prostrée sous les couvertures en me disant que je ne pourrais plus jamais prier Dieu, puisque je Lui avais tourné le dos. Le lendemain, je téléphonai à mon petit ami pour lui dire que je ne voulais plus jamais le revoir.

Le rêve s'était brisé. La jeune fille continuait en me disant qu'il lui fallut beaucoup de temps pour arriver à se pardonner et à accepter le pardon de Dieu. Elle terminait sa lettre par cette phrase : « Faire l'amour est une expérience qui vaut la peine qu'on attende ; je sais qu'elle ne peut être merveilleuse que dans le cadre du mariage. »

Fuis les passions de la jeunesse ; recherche la droiture, la foi, l'amour, la paix, avec ceux qui, d'un cœur pur, font appel au Seigneur.

2 TIMOTHÉE 2.22, BIBLE EN FRANÇAIS COURANT

QU'EN PENSE DIEU ?

Combien de fois n'avons-nous pas entendu des gens se poser la question : « Jusqu'où peut-on aller dans le domaine des relations et du flirt ? » Vous le savez bien pour l'avoir entendue autour de vous. Peut-être vous l'êtes-vous posée vous-même. La réponse, pour la personne chrétienne, me paraît d'une simplicité enfantine. Je la tire de la Bible : « Quoi que vous fassiez, faites tout pour la gloire de Dieu » (1 Corinthiens 10.31) ; « Quoi que vous fassiez… faites *tout* au nom du Seigneur Jésus » (Colossiens 3.17, italiques ajoutés).

Si vous êtes disciple de Jésus, la première question que vous devez vous poser lorsque vous fréquentez une personne du sexe opposé est : « Qu'en pense Dieu ? » C'est la question fondamentale qui doit tout régir dans la vie, non seulement les questions liées à la vie sexuelle, mais aussi à tout le reste. Suis-je en train d'agir en son nom ou en mon nom ? Dieu peut-Il s'associer à ce que je fais ? Tire-t-Il gloire de mes actions et de mon attitude ? Par conséquent, celui ou celle qui s'efforce de plaire à Dieu dans sa vie sentimentale ne se pose pas la question de savoir jusqu'où il ou elle peut aller. Le chrétien se soucie bien plus de savoir comment marcher de façon plus intime avec Dieu.

Ainsi, que vous mangiez, que vous buviez, ou que vous fassiez quoi que ce soit, faites tout pour la gloire de Dieu.

1 CORINTHIENS 10.31, BIBLE EN FRANÇAIS COURANT

Tout ce que vous faites, en paroles ou en actions, faites-le au nom du Seigneur Jésus, en remerciant par lui Dieu le Père.

COLOSSIENS 3.17, BIBLE EN FRANÇAIS COURANT

Je ne suis pas de cette école qui prohibe tout contact physique (sauf si Dieu vous a donné la conviction d'agir ainsi). A mon avis, vous pouvez vous permettre une certaine affection physique (se prendre par la main, poser le bras sur l'épaule, etc.) ; par ces gestes, vous pouvez faire l'expérience de l'amour et de la joie qui viennent de Dieu. Notre bon Père céleste nous a donné la faculté d'apprécier la présence d'autrui ; la joie de cette présence passe en partie par le toucher physique. Assurez-vous que vos gestes et vos pensées soient purs. Si vous avez déjà derrière vous une expérience regrettable dans ce domaine, soyez d'autant plus prudent(e). Imposez-vous des limites et ne vous mettez pas dans une situation que vous ne pas plus maîtriser.

Ayez avant tout l'intention de glorifier Jésus en toute circonstance. Sachons que Dieu nous a tout confié, y compris notre corps, et qu'un jour nous devrons Lui rendre compte de tout ce que nous en aurons fait. Notre première préoccupation doit être de vivre de façon à toujours plaire au Seigneur, dès maintenant et pour l'éternité. Nos actes ont des conséquences éternelles, mais ils entraînent aussi des conséquences dans la vie présente.

Il n'est rien dans la création qui puisse être caché à Dieu. A ses yeux, tout est à nu, à découvert, et c'est à lui que nous devons tous rendre compte.

HÉBREUX 4.13, BIBLE EN FRANÇAIS COURANT

QUE POURRAIT PENSER VOTRE FUTUR CONJOINT ?

La deuxième question qu'il est bon de se poser est celle-ci : « Que penserait mon futur conjoint ? » Je discutais un jour avec une jeune fille d'une vingtaine d'années. Elle me raconta qu'elle frémissait d'horreur à la pensée de devoir dire à son futur mari tout ce qu'elle avait déjà fait avec un autre gars. Elle me dit qu'elle n'avait pas voulu succomber à la sexualité, mais elle avait cependant fini par céder aux pressions du garçon. Elle reconnut qu'elle n'était plus vierge parce qu'elle avait dépassé les limites. Elle avait pensé que ces petits écarts de conduite ne portaient pas à conséquence.

Elle me déclara : « Le diable murmure qu'il n'y a pas de mal à se donner un petit baiser. Il n'y a non plus rien de mal à se toucher et à s'émouvoir. Il ne manque pas alors d'ajouter qu'il n'y a aucun mal à se dévêtir entièrement ! »

Au cours du dernier repas, Jésus dit à Pierre : « Satan vous a réclamés pour vous passer au crible comme le blé. » (Luc 22.31). Il cherche à vous cribler vous aussi, à vous permettre la première petite compromission ; puis viendra une deuxième. Si vous n'avez pas clairement fixé vos limites, ou si vous décidez de ne pas rester à l'intérieur de vos limites, une chose mènera à une autre.

Prenons un exemple. Si vous allez dans la zone commerciale avec beaucoup d'argent en poche, mais sans avoir au préalable pris la décision de ne rien acheter, vous achèterez certainement quelque chose. De même, si vous convoitez quelqu'un et que vous entretenez ce désir en outrepassant vos limites spirituelles, il est à craindre que vous succombiez à la tentation.

Certaines personnes que j'ai rencontrées ont enfreint leurs règles après avoir rencontré « l'âme sœur », car lorsque la tentation survint, elles abandonnèrent rapidement les limites qu'elles s'étaient fixées.

Sachons-le avec certitude : le diable est l'auteur du mal, et il ne manquera pas de nous tenter. Pourtant, Jacques affirme : « Mais chacun est tenté, parce que sa *propre* convoitise l'attire et le séduit » (1.14, italiques ajoutés). Lorsque nous succombons à la tentation, nous ne devons pas nous en prendre au diable et le rendre responsable de nos mauvaises actions. Nous avions le choix de nos réactions. C'est pourquoi Jacques poursuit : « La convoitise, lorsqu'elle a conçu, enfante le péché ; et le péché, parvenu à son terme, engendre la mort » (v.15). Si nous permettons à nos désirs coupables de produire de mauvaises actions, nous ressemblerons à la jeune fille mentionnée plus haut. Comme elle, nous tremblerons à la pensée de devoir dire à notre futur conjoint que nous avons fait cadeau de notre virginité à quelqu'un d'autre.

Ne participe pas aux péchés des autres ; garde-toi pur.
1 TIMOTHÉE 5.22, BIBLE EN FRANÇAIS COURANT

Aucune tentation ne vous est survenue qui n'ait été humaine, et Dieu, qui est fidèle, ne permettra pas que vous soyez tentés au-delà de vos forces ; mais avec la tentation il préparera aussi le moyen d'en sortir, afin que vous puissiez la supporter.
1 CORINTHIENS 10.13, BIBLE EN FRANÇAIS COURANT

QU'EN PENSERAIENT MES FUTURS ENFANTS ?

La dernière question que nous devons nous poser à propos de relations avec une personne du sexe opposé est celle-ci : « Qu'en penseraient mes futurs enfants ? » Si vous vous mariez un jour, vous aurez probablement l'occasion de vous asseoir à côté de vos enfants et de bavarder avec eux. Quelle sera votre position ? Souhaitez-vous devoir leur dire : « Mon trésor, ne fais pas comme moi » ? Ou bien voudriez-vous pouvoir lui dire : « Je me suis fixé(e) des limites claires et fermes, et je suis resté(e) pur(e). Voici comment j'ai agi » ? Pour ma part, je sais quelle attitude je choisirais ! J'aimerais que mes enfants soient fiers de ma conduite pendant les années troubles de l'émoi sentimental et au-delà.

Le Dr James Dobson a déclaré : « La meilleure chose qu'un père puisse faire pour ses enfants, c'est d'aimer leur mère. » De même, la pureté est l'un des dons que je peux déjà préparer pour mes futurs enfants ; je veux leur prouver que j'ai aimé et respecté leur père en lui étant fidèle avant même de l'avoir rencontré.

Aux yeux de Dieu notre Père, voici la façon parfaite de pratiquer la religion : prendre soin des orphelins et des veuves dans leur malheur, ne pas se laisser salir par les choses du monde.

JACQUES 1.27, PAROLE DE VIE

NE CROYEZ PAS AU MENSONGE

Les études ont montré que l'une des plus fortes pressions que connaissent les adolescents ne vient pas de leur amour ou de leur convoitise, mais de l'insistance avec laquelle leurs camarades les incitent à coucher avec une personne du sexe opposé. Estimez-vous passer à côté de quelque chose de fondamental ? Ou Dieu vous protège-t-Il ? Ne prêtez pas foi au mensonge du Mal qui veut vous faire croire que « tout le monde le fait ». Beaucoup de lycéens n'ont pas de relations sexuelles.

N'aimez pas le monde ni ce qui est dans le monde. Si quelqu'un aime le monde, il n'aime pas Dieu le Père. Voici ce qu'on trouve dans le monde : les mauvais désirs que chacun porte en soi, l'envie de posséder ce qu'on voit, et l'orgueil qui vient de la richesse. Eh bien, tout cela ne vient pas du Père, mais du monde. Le monde ne dure pas, et les mauvais désirs ne durent pas non plus. Mais celui qui fait ce que Dieu veut, celui-là vit pour toujours.

1 JEAN 2.15-17, PAROLE DE VIE

CONSÉQUENCES

Lorsqu'il s'agit des conséquences de nos mauvaises actions, il me semble que beaucoup d'entre nous agissent comme Scarlett O'Hara, le personnage principal de *Autant en emporte le vent*. Scarlett dit souvent : « J'y penserai demain. » Nous remettons toujours à plus tard, si bien que lorsque nous commençons à réfléchir au bien-fondé de nos actions, l'action est déjà commise. Il ne nous reste plus que le regret de l'avoir faite.

On entend souvent dire : « Fais ce que tu veux, aussi longtemps que tu ne causes pas de tort à autrui. » Il y a une grosse faille dans ce raisonnement. Si vous péchez, si vous ne glorifiez pas Dieu par vos actions, vous causerez *toujours* du tort à quelqu'un. Ce sera peut-être vous-même, vos amis ou des membres de votre famille, votre futur conjoint et vos futurs enfants. Et même si votre péché ne devait pas nuire à un être humain, il ferait toujours mal à Dieu. Pour éviter les conséquences fâcheuses du péché, le mieux est d'obéir à Dieu.

Voici quelle est la volonté de Dieu : c'est que vous soyez saints et que vous vous gardiez de l'immoralité. Que chacun de vous sache prendre femme d'une façon sainte et honorable, sans se laisser dominer par de mauvais désirs, comme les païens qui ne connaissent pas Dieu. Dans cette affaire, que personne ne cause du tort à son frère ou ne porte atteinte à ses droits. Nous vous l'avons déjà dit et vous en avons sérieusement avertis : le Seigneur punira ceux qui commettent de telles fautes. Dieu ne nous a pas appelés à vivre dans l'immoralité, mais dans la sainteté.

1 THESSALONICIENS 4.3-7, BIBLE EN FRANÇAIS COURANT

CONSÉQUENCES PHYSIQUES

Avoir des relations sexuelles en utilisant le préservatif comme seul moyen de protection contre les maladies sexuellement transmissibles (MST), c'est jouer avec le feu. Les préservatifs sont défectueux une fois sur six. Les statistiques montrent clairement qu'ils ne constituent pas une protection absolue contre les maladies. Ne tombez pas dans le panneau des « relations sexuelles protégées » dont nous sommes abreuvés. Les seules relations sexuelles vraiment protégées sont celles qui se vivent dans le contexte du mariage !

Une de mes amies m'a parlé d'une de ses connaissances atteinte d'une maladie vénérienne. Elle me dit : « Sa souffrance émotionnelle et physique est le prix élevé qu'elle paie pour avoir eu des relations sexuelles avec de nombreux partenaires. Elle ne jouit plus des rapports sexuels avec son mari, à cause des douleurs qu'elle ressent. Les relations sexuelles exclusives avec la personne que vous épousez vous mettent à l'abri des maladies. C'est une protection que Dieu nous donne, à travers son dessein pour le mariage. » Etes-vous prêt(e) à risquer une vie de bonne santé contre quelques moments de plaisir ?

Un autre danger guette les jeunes filles qui ont des relations sexuelles avant le mariage : une grossesse non désirée. La plupart des adolescentes se disent : *Cela ne m'arrivera jamais !* Ça peut arriver aux autres, mais pas à moi ! Courrez-vous le risque de changer radicalement le cours de votre vie, tout simplement à cause d'un moment d'égarement ?

> *Ne vous y trompez pas : on ne se moque pas de Dieu. L'homme récoltera ce qu'il aura semé. S'il sème ce qui plaît à sa propre nature, la récolte qu'il en aura sera la mort ; mais s'il sème ce qui plaît à l'Esprit Saint, la récolte qu'il en aura sera la vie éternelle.*
>
> *GALATES 6.7-8, BIBLE EN FRANÇAIS COURANT*

LE DÉSIR D'ÊTRE ENLACÉ(E). Au lieu de protéger leur pureté et de jouir du temps d'attente, certains estiment qu'ils ont davantage besoin qu'on leur prête attention que de cultiver leur relation avec Dieu.

Dans mon adolescence, j'avais une amie que j'appellerai du nom d'emprunt « Julie ». Nous étions assez distantes l'une de l'autre jusqu'au jour où nous avons participé à un même camp qui nous a beaucoup rapprochées. Nous étions souvent fourrées ensemble, dans les groupes de discussion, lors des repas et à l'occasion des jeux en plein air. Et le soir, quand nous étions censées dormir, nous bavardions.

Une nuit, je me souviens très bien qu'elle me demanda si j'aspirais vraiment à être enlacée. Elle venait d'un foyer brisé et me dit qu'elle se sentait si seule parfois qu'elle souhaitait de tout son cœur que quelqu'un la prenne dans ses bras. Pendant toute la durée du camp, elle cherchait visiblement la compagnie des garçons et appréciait beaucoup d'être l'objet de leur attention. J'étais tout de même surprise de la voir souffrir tellement et de la savoir dans un si grand besoin de tendresse. Nous nous sommes perdues de vue lorsqu'elle partit pour l'université.

Quelque temps plus tard, je me trouvai nez à nez avec elle dans une épicerie, lors de congés scolaires. Je vis d'emblée la tristesse dans ses yeux. Au cours de notre discussion, elle m'apprit qu'elle était enceinte. Cela me surprit énormément, car autant que je sache, elle était vierge au moment d'entrer à l'université.

L'autre jour, en allant au restaurant avec mes parents, j'ai vu son fils, âgé de cinq ans maintenant. Il était en compagnie de ses grands-parents puisque sa mère travaille. Julie avait nourri quantité de rêves et d'ambitions. Elle espérait devenir médecin, se marier et avoir des enfants. Elle me raconta qu'elle ne regrettait certes pas son fils, mais d'avoir eu des relations sexuelles en dehors du mariage, car son enfant grandissait sans père, et quant à elle, elle était toujours seule.

> *C'est pourquoi, soyez prêts à l'action ! restez attentifs ! Mettez toute votre espérance dans le don que vous allez recevoir, quand Jésus-Christ paraîtra. Obéissez à Dieu, ne suivez donc pas les désirs que vous aviez autrefois, avant de connaître le Christ. Dieu vous a appelés et Il est saint, alors vous aussi, devenez saints dans toute votre conduite. En effet, les Livres Saints disent : « Soyez saints, parce que moi, je suis saint. »*
>
> *1 PIERRE 1.13-16, PAROLE DE VIE*

CONSÉQUENCES ÉMOTIONNELLES

La pratique de relations sexuelles avant le mariage s'accompagne de conséquences émotionnelles qui peuvent parfois faire souffrir à vie. Certains de ces dangers ne sont pas visibles immédiatement. Beaucoup sont même difficiles à déceler avant qu'il ne soit trop tard.

REGRETS PASSÉS. Beaucoup de gens ressentent de la tristesse et du dépit après avoir eu des relations sexuelles pré-maritales. Ils ont l'impression de « s'être faits avoir ». Ils ont le sentiment d'avoir échangé quelque chose de précieux contre du néant. La grande majorité des jeunes qui ont eu des relations sexuelles avant le mariage n'épousent pas leur premier partenaire sexuel. Beaucoup sont désabusés et déclarent : « Je pensais qu'il (ou elle) m'aimait vraiment ! » Mais après le rapport physique et la rupture de la relation, ils découvrent la vérité : « Je suppose que ce n'était pas du tout de l'amour ! » Ce sentiment peut subsister pendant des années. Il peut même provoquer des troubles émotionnels qui accompagneront la personne jusque dans son mariage, causant un préjudice au sentiment d'intimité qui doit exister entre un homme et sa femme. Voici ce que raconte une personne :

> A cause de notre âge et de notre manque de maturité (j'avais quatorze ans et lui seize quand nous nous sommes rencontrés), nous ne pensions pas du tout aux conséquences. Je me mis à fréquenter ce garçon en me disant que je n'aurais pas de rapports sexuels avec lui avant le mariage, mais nous nous sommes placés dans des situations intenables. C'est comme mettre la main dans le feu ; on finit par se brûler. Dieu essayait vraiment de me protéger, je le vois avec le recul. Si je pouvais revenir en arrière, je n'aurais pas eu de relations sexuelles. Le rôle que Dieu confie à la sexualité est complexe. Comme Dieu réserve les relations sexuelles pour le mariage afin d'unir deux personnes, si vous en avez en dehors, le stress émotionnel (surtout pour moi en tant que fille) fut une chose horrible. J'étais déprimée et triste.

CULPABILITÉ. Le sentiment d'avoir fait quelque chose de mal et de ne pouvoir vous le pardonner peut entraîner de graves conséquences sur l'image que vous avez de vous-même et influencer négativement votre façon de réagir à d'autres relations à l'avenir. Il n'existe aucun péché sexuel que Dieu ne pardonne pas, s'il est honnêtement confessé. (Nous reviendrons sur cette question au chapitre 6.) Mais le sentiment de culpabilité consécutif à un péché sexuel peut vous hanter durant des années, même si vous avez la certitude dans votre cœur d'être pardonné(e) et acquitté(e) par Dieu. Le diable continuera à vous jeter à la face vos fautes passées, vous pourrez vous sentir indigne de l'amour de Dieu, ou de l'amour d'une autre personne. Votre sentiment de culpabilité découle aussi du tort que vous avez commis envers une personne, en lui prenant quelque chose, en lui faisant mal, et en la plongeant dans la confusion et dans de grandes souffrances émotionnelles. Ecoutez ces paroles pleines de sagesse de quelqu'un qui est passé par là :

> Même après notre mariage, je me sentais coupable chaque fois que nous avions une relation sexuelle. Je ne pouvais dissocier l'intimité dont je jouissais avec celui qui est devenu mon mari des sentiments de culpabilité et de péché. Pendant quelque temps, je crus que Dieu ne bénirait pas notre union parce que nous avions eu des rapports sexuels avant le mariage. C'est pourquoi j'éprouvai de la colère, de l'amertume et du ressentiment envers mon mari. Même si nous étions responsables tous les deux, je lui en voulais parce qu'il avait permis que nous couchions ensemble avant de nous marier. J'ai vraiment dû implorer l'aide de Dieu et de mon mari pour triompher de ces sentiments, et cela a nécessité beaucoup de temps.

PEUR DE L'ENGAGEMENT. Même si certaines personnes entretiennent des relations sexuelles « pour s'amuser », la plupart des jeunes le font parce qu'ils sont attachés l'un à l'autre et qu'ils voient dans ces relations l'expression de leur amour. Mais quand ce type de relations cesse, la confiance et la capacité de s'attacher à quelqu'un d'autre sont souvent ébranlées. Une fois que le cœur d'un individu a été meurtri, la crainte de la rupture d'une nouvelle relation peut hypothéquer une nouvelle fréquentation réussie.

J'ai un ami qui a fréquenté une jeune fille pendant quatre ans, puis elle le plaqua. Il fallut au garçon quatre nouvelles années pour surmonter le choc et tenter de s'attacher à une autre jeune fille — et pourtant ils n'avaient pas eu de relations sexuelles ! Vous imaginez sans peine combien sa crainte de s'engager auprès d'une autre jeune fille aurait été multipliée s'il avait perdu sa virginité avec la première !

MÉDIOCRE ESTIME DE SOI. Les gens qui ont été exploités sur le plan sexuel ont généralement une piètre estime d'eux-mêmes. Et pour ajouter encore à leur blessure, beaucoup de ces gens en quête d'attention se lancent dans des relations sexuelles néfastes, cherchant à être aimés et acceptés.

DÉSESPOIR. La souffrance émotionnelle consécutive à la perte de la virginité, la crainte d'avoir contracté le SIDA ou une autre maladie sexuellement transmissible, l'appréhension d'une grossesse hors mariage, le traumatisme d'un avortement ou de l'abandon du bébé, la destruction de votre réputation ou de celle d'autrui, tout cela peut aboutir à un profond désespoir, à la dépression et même au suicide. Le diable ne manquera pas de nous susurrer à l'oreille : « C'est trop tard » ou « Il n'y a plus d'espoir pour toi ». Que de fois j'ai vu des personnes qui assistaient à mes concerts me raconter qu'elles avaient tenté de se suicider ! Plus souvent qu'on le pense, leur désespoir était provoqué par le sentiment extrême de rejet après s'être livrée corps et âme à des relations sexuelles hors mariage.

CONSÉQUENCES SPIRITUELLES

Voici quelques raisons pratiques pour lesquelles un chrétien devrait s'abstenir de relations sexuelles jusqu'à son mariage.

L'ÉLOIGNEMENT DE DIEU. A cause du sentiment de culpabilité, vous vous direz que vous ne méritez plus d'entretenir une relation personnelle et intime avec Dieu. Vous vous sentirez tellement honteux de ce que vous avez fait, que vous ne pourrez plus vous approcher de Dieu dans la prière. Vous ferez comme Adam et Ève dans le jardin d'Éden. Après avoir désobéi à Dieu, ils s'enfuirent et se cachèrent. Mais c'est justement dans ces moments où nous L'offensons le plus que nous avons besoin d'entendre ses paroles rassurantes !

L'IMPACT DE VOTRE TÉMOIGNAGE. Vous devez refléter Christ, mais le péché dans votre vie voilera ce reflet. De nombreux jeunes chrétiens ont anéanti l'efficacité de leur témoignage par leurs actions. Grover Levy, un musicien chrétien, écrivit ces mots : « Si vous voulez parler de Jésus, il faudrait trouver un meilleur moyen car votre vie parle si fort que je n'entends rien de ce que vous dites. »

LA PERTE DE VOS VALEURS. La décence, la maîtrise de soi, le respect de soi et d'autrui font partie d'une nature saine. Si vous entretenez des rapports sexuels avant le moment fixé par Dieu pour vous, vous corrompez votre nature et dégradez votre propre sexualité. Pire même, une fois que vous avez ouvert la digue, vous vous exposez à davantage de tentations. Pourquoi ? Parce qu'une fois que vous avez franchi les limites physiques que vous vous étiez fixées, il vous sera plus facile de les transgresser la fois suivante. En un rien de temps, vous constaterez que vous êtes allé(e) beaucoup plus loin que prévu. Une fois que vous êtes tombé(c), il vous sera de plus en plus facile de glisser de nouveau.

L'IMPACT SUR VOTRE MARIAGE. Même si vous pensez avoir trouvé la personne avec laquelle vous passerez votre vie, n'ayez pas de relations sexuelles avec elle avant le mariage, car vous les regretteriez. Dans cette situation, contrairement à ce que pensent certains, Dieu ne prône pas les rapports sexuels avec la personne que vous allez épouser. En effet, qui pourrait nier que des fiançailles sont loin d'avoir la même valeur d'engagement permanent qu'un mariage officiel ? Il sait le prix que vous devez payer, et Il sait ce qu'il y a de mieux pour nous, c'est-à-dire attendre. D'ailleurs, si la personne en question vous aime, elle fera preuve de patience et vous attendra.

LA SOUFFRANCE OCCASIONNÉE. Un sage déclara un jour : « Il vaut mieux être innocent que pardonné. » Il voulait dire par là que Dieu est capable d'effacer nos péchés et de nous rendre propres, mais vous porterez parfois les cicatrices de vos péchés et devrez subir à vie les conséquences de vos mauvais choix. Même si aux yeux de Dieu nous sommes justifiés (ce qui signifie que je suis juste comme si je n'avais jamais péché), d'un point de vue pratique, les effets à long terme de nos péchés ne disparaissent jamais entièrement. La souffrance émotionnelle et spirituelle aura des répercussions sur votre relation avec Dieu, sur l'intimité spirituelle avec votre futur conjoint, et sur le regard que vous portez sur vous-même. Dieu souhaite que vous soyez en bonne santé physique, psychique et spirituelle.

Lorsque vous collez une feuille de papier sur une autre, et que vous essayez ensuite de les séparer, vous les déchirez toutes les deux. Il vous est impossible de récupérer les deux feuilles de papier dans l'état où elles étaient avant le collage. A cause de la colle, chaque feuille conserve sur elle une partie de l'autre. Il en est de même des relations sexuelles. C'est l'union physique de deux êtres distincts. Une fois que l'union est consommée (sur les plans physique, affectif et spirituel), Dieu a prévu que les deux restent ensemble. L'intimité qui fait partie de l'acte sexuel est si forte que nous ne devons pas la prendre à la légère. Pourquoi risquer quelque chose qui peut vous faire souffrir pour le restant de vos jours ? Votre mariage futur sera beaucoup plus heureux si vous n'avez pas à vous débattre avec les conséquences physiques, psychiques et spirituelles de relations sexuelles avant mariage.

AVOIR CONSCIENCE DU POUVOIR

En 1 Timothée 4.2, Paul parle des faux docteurs qui surviendront dans les derniers jours et égareront beaucoup de gens.

L'apôtre les décrit comme des « faux discoureurs marqués au fer rouge dans leur propre conscience. » En d'autres mots, leur conscience a été désensibilisée. Elle n'est plus sensible au péché. Il arrive qu'on commette si souvent le même péché qu'on ne s'en rend même plus compte. C'est particulièrement vrai du péché sexuel. Il est extrêmement puissant, et chaque fois que vous cédez, il vous devient plus facile de le commettre à nouveau.

Dieu a fait de la sexualité quelque chose de merveilleux, de bon et de beau, quelque chose qui rend joyeux et qui unit. Mais pratiquée en dehors du mariage, elle peut devenir le contraire : quelque chose qui attriste, dégrade et déçoit, une rencontre dénuée d'amour. Ne choisissez pas la voie de l'agonie ; attendez le moment fixé par Dieu pour connaître l'extase.

> *Celui qui s'unit à une prostituée devient avec elle un seul corps, vous ne savez donc pas cela ? En effet, les Livres Saints disent : « Les deux deviendront comme une seule personne. » Mais celui qui s'unit au Seigneur, dans son cœur, devient comme une seule personne avec lui. Evitez à tout prix de faire n'importe quoi avec votre corps. Tous les autres péchés que les gens peuvent commettre sont à l'extérieur du corps. Mais si quelqu'un fait n'importe quoi avec son corps, il fait quelque chose de mal contre son corps. Vous le savez : votre corps est le temple de l'Esprit Saint. Cet Esprit est en vous, et Dieu vous l'a donné. Vous ne vous appartenez pas à vous-mêmes. Dieu vous a achetés très cher pour vous rendre libres. Alors rendez gloire à Dieu par votre corps !*
>
> *1 CORINTHIENS 6.16-20, PAROLE DE VIE*

Père, quand je songe aux conséquences physiques des relations sexuelles en dehors du mariage, je suis effrayé(e). Je vois bien que ton dessein pour « une sexualité sans risque » est celle qui trouve sa protection dans le mariage et le véritable amour. Aide-moi à penser aux conséquences du péché sexuel lorsque je suis assaillie par les tentations. Aide-moi à ne pas me placer dans des situations dangereuses. Je désire vivre plus près de Toi, et non fuir devant ta face et me cacher parce que je me sentirais coupable et honteuse. J'ai besoin de Toi. Je T'aime. Au nom merveilleux de Jésus Amen.

Chapitre 4

PROTÉGER LA PURETÉ

J'ai reçu une histoire bienfaisante sur l'importance de la prière pendant la phase d'attente. Voici le témoignage de Ian :

Arlène, ma fidèle et charmante femme depuis vingt-cinq ans, m'a attendu. Jeune fille, elle priait pour son futur mari. Je fis la connaissance de ses parents deux ans avant notre première rencontre. Je sus qu'ils étaient le genre de parents chrétiens que moi, je n'avais pas eus.

Pendant nos fiançailles, Arlène et moi discutions souvent de notre projet de vie. J'étais bouleversé de l'entendre dire combien de fois elle avait prié pour son futur conjoint, aux moments précis où je traversais de grandes difficultés. Je me demandais toujours qui donc pouvait bien prier pour moi à ces moments-là, car je croyais à l'efficacité de la prière et de l'intercession. S'il vous plaît, continuez d'encourager les gens à compter sur le Seigneur et à prier pour que la puissance de Dieu se manifeste dans leurs relations présentes et futures.

Moyens pratiques pour attendre dans une société qui clame :

« Fais comme tout le monde ! »

Mon amour, sais-tu que je rêve d'une vie ensemble,
Sachant qu'elle sera pour toujours ;
Je serai à toi, et tu seras à moi.

METTEZ À PROFIT LE TEMPS D'ATTENTE

Régulièrement, quand je me sens un peu seule, je deviens d'humeur romantique. Je me mets à rêver à des choses toutes simples comme pouvoir me rendre belle pour quelqu'un, recevoir des fleurs de quelqu'un, rencontrer une personne devant qui je pourrais épancher mon cœur. Ces pensées donnent du piquant à mon attente. Le fait d'attendre votre « amour » ne doit pas être ennuyeux, ni même exempt de romantisme.

J'ai souvent entendu des personnes déclarer que l'anticipation d'une expérience tient beaucoup dans le plaisir que procure l'expérience elle-même. Je crois que c'est souvent le cas. Ne craignez pas pour autant que le mariage ne soit pas une aventure exaltante ! Il le sera. Mais une partie du bonheur que communiquera le mariage *plus tard* peut résider dans l'attente et le rêve de *maintenant*. Pendant cette phase d'attente, que pouvez-vous donc faire qui puisse vous préparer pour le futur ? Passons en revue quelques idées.

OSEZ RÊVER

Nous en avons déjà parlé.

SOYEZ ALTRUISTE

C'est très important. Il me semble, d'après tout ce que j'ai pu entendre à propos du mariage, que l'égoïsme est le principal obstacle à surmonter. Pour avoir observé mes parents pendant des années, je sais que la vie conjugale implique des luttes, la nécessité de donner, de céder, d'apprendre, de dire « Je regrette », de se mettre à servir quand on n'en a pas envie, et bien d'autres choses encore. Mais ce sont justement des attitudes que nous pouvons cultiver dès maintenant dans nos relations avec nos familles et nos amis.

Voici quelques exemples pratiques pour cultiver l'altruisme et le don de soi :

- Tondre la pelouse sans qu'on vous le demande.
- Nettoyer le sol de la cuisine en guise de bonne surprise pour votre maman.
- Jouer avec votre petit frère ou votre petite sœur (même si vous n'en avez pas envie).
- Envoyer une carte à un ami pour lui dire à quel point vous l'appréciez.
- Etre attentif aux besoins d'autrui et essayer de les combler si c'est dans notre pouvoir.
- Laisser les autres passer devant.
- Cultiver le goût de l'ordre et de la propreté. (Messieurs, prenez l'habitude de rabattre la lunette des WC !)

- Ne pas toujours faire connaître son avis. Ecouter.
- S'intéresser à la vie des autres.
- Endosser la responsabilité de ses propres actions.
- Si vous faites une erreur, réparez-la. N'attendez pas que quelqu'un d'autre fasse votre travail.

Ce que les désirs mauvais produisent, on le voit bien : ils mènent une vie immorale et mauvaise, ils se conduisent n'importe comment. Ils adorent les faux dieux, ils pratiquent la sorcellerie. Ils détestent les autres, ils se disputent, ils sont jaloux. Ils se mettent en colère, ils cherchent à passer devant tout le monde, ils se divisent en partis et en groupes opposés. Ils veulent ce que les autres possèdent, ils boivent trop, ils mangent trop et ils font encore bien d'autres choses semblables.

GALATES 5.19-21, PAROLE DE VIE

TISSEZ DE SOLIDES LIENS D'AMITIÉ

Voulez-vous savoir comment ne pas vous sentir seul(e) en attendant votre élu(e) ? Cultivez de solides amitiés avec des ami(e)s du sexe opposé. Vous découvrirez ainsi que vous n'êtes pas seul(e) pour affronter le monde, et de plus, ces relations vous apprendront beaucoup de choses. Je crois personnellement que la fréquentation d'ami(e)s du sexe opposé vous permettra de découvrir des choses que vous aimeriez rencontrer chez votre futur conjoint. En apprenant à connaître les valeurs et les priorités de différentes personnes, vous aurez une idée de ce que vous souhaitez trouver chez la personne que vous épouserez. Vous acquerrez également l'art et la manière de côtoyer les personnes du sexe opposé et vous apprécierez leurs différences.

AMÉLIOREZ VOS RELATIONS FAMILIALES

Si vous entretenez d'excellentes relations avec vos frères, sœurs et parents, c'est fabuleux ! C'est sans doute le résultat de vos efforts et du temps consacré pour mieux connaître les membres de votre famille et tisser des liens d'amitié avec eux. Espérons que vous avez appris beaucoup sur l'art de donner et de vous donner, ce qui est un atout majeur pour votre future vie conjugale. Si vous êtes comme la plupart des gens qui estiment que la famille exige trop, il est temps de revoir votre attitude.

Passez du temps avec chaque membre de la famille, et intéressez-vous sincèrement à sa vie. La façon dont vous traitez votre famille maintenant préfigure celle dont vous traiterez votre conjoint et vos enfants plus tard. Quelle merveilleuse occasion de triompher dès maintenant des mauvaises habitudes !

> *Dieu vous a choisi, Il veut que vous soyez à Lui, et Il vous aime. Donc, faites-vous un cœur plein de tendresse et de pitié, un cœur simple, doux, patient. Supportez-vous les uns les autres et pardonnez-vous si quelqu'un a un reproche à faire à un autre. Le Seigneur vous a pardonné, agissez comme Lui ! Et surtout, aimez-vous : l'amour est le lien qui unit parfaitement.*
>
> *COLOSSIENS 3.12-14, PAROLE DE VIE*

POSEZ DES QUESTIONS ET LISEZ DES OUVRAGES DE PRÉPARATION AU MARIAGE

Si vous avez moins de seize ans, vous aurez sans doute besoin de vous plonger dans la lecture de livres traitant du mariage. En revanche, si vous êtes plus âgé, vous pouvez, en lisant, commencer à mettre de votre côté les atouts en vue d'un bon mariage. Et quel que soit votre âge, il est toujours utile d'interroger des personnes mûres qui inspirent votre respect. Il y a tellement de choses que nous pouvons apprendre de ceux qui nous ont précédés. Interrogez vos parents, vos grands-parents, votre pasteur ou des adultes chrétiens qui vivent vraiment leur foi. Même si vos parents n'ont pas tout à fait réussi leur vie conjugale, demandez-leur ce que les difficultés rencontrées leur ont appris au sujet du mariage.

PASSEZ DU TEMPS DE QUALITÉ AVEC JÉSUS

La meilleure façon de mener une vie qui en vaut la peine et de préparer notre avenir (de gens mariés ou de célibataires) consiste à passer du temps avec Dieu. Une de mes amies me raconta combien, après son mariage, elle eut du mal à trouver du temps pour cela. Elle devait en consacrer tellement à son mari ! Son problème devint encore plus aigu lorsqu'elle eut des enfants. C'est pourtant une personne qui, avant d'être mariée, consacrait régulièrement du temps à la communion avec Dieu. Si elle ne s'était pas disciplinée *autrefois*, elle n'aurait plus son moment de méditation personnelle *maintenant*.

Trop de croyants permettent à leur conjoint de prendre la place de Dieu. Dieu veut certainement que nous aimions tendrement celui ou celle qui partage notre vie, mais Il tient cependant à conserver la première place dans notre cœur.

Vous pouvez fixer cette priorité dès maintenant, avant votre mariage. Trouvez votre plaisir en Dieu en Le cherchant de tout votre cœur. Si vous ne trouvez pas votre satisfaction en Lui, vous compterez sur votre conjoint pour combler les vides que seul Dieu peut combler. Imposez-vous un temps précis journalier de communion avec Dieu par la lecture de la Bible, la méditation personnelle et la prière. Si vous trouvez votre raison d'être et votre épanouissement en Christ, vous ne serez pas tenté(e) de chercher des substituts dans le domaine sexuel. Et vous entrerez dans le mariage en étant beaucoup moins stressé(e).

> *Cherchez d'abord le Royaume de Dieu et ce que Dieu demande. Il vous donnera tout le reste en plus. Donc ne vous faites pas de souci pour demain. Demain se fera du souci pour lui-même. La fatigue d'aujourd'hui suffit pour aujourd'hui !*
>
> MATTHIEU 6.33-34, PAROLE DE VIE

PRATIQUEZ UNE ACTIVITÉ

Ne vous morfondez pas chez vous à attendre le prince charmant ou l'élue de votre cœur ! Dieu a créé le monde et nous a donné la vie pour que nous en jouissions et que nous Lui rendions gloire pour ses dons. Qui que vous soyez et quelle que soit votre situation, permettez-moi de vous dire avec assurance que pour Dieu, votre vie ne se réduit pas à attendre un conjoint. Intéressez-vous à tout ce qu'Il a prévu pour vous.

LAISSEZ DIEU AMÉLIORER VOTRE CARACTÈRE

Peut-être croyez-vous être destiné(e) à vous marier. Mais il se peut que Dieu tienne à vous enseigner certaines choses, à vous voir vous développer dans certains domaines, avant que vous ne vous engagiez dans le mariage. Il peut vouloir vous apprendre à compter patiemment sur Lui.

Il faut de la foi pour marcher dans l'obéissance quand vous avez le sentiment que Dieu ne répond pas à vos prières comme vous le souhaitez. Il peut cependant utiliser ce temps d'attente pour développer en vous des vertus morales et spirituelles, comme la bonté et la maîtrise de soi. Regardez ce qu'est le fruit de l'Esprit décrit en Galates 5.22-23 et demandez-vous quel aspect de ce fruit a encore besoin de mûrir en vous. Si vous passez régulièrement du temps avec Lui dans la prière, Il vous révélera ce qu'il y a dans votre cœur et les domaines où vous devez vous améliorer. Remerciez-Le pour cette occasion de croissance et mettez-la à profit.

> *Pour cette raison même, faites tous vos efforts pour ajouter à votre foi la bonne conduite et à la bonne conduite la vraie connaissance de Dieu ; à la connaissance ajoutez la maîtrise de soi, à la maîtrise de soi la persévérance et à la persévérance l'attachement à Dieu.*
>
> *2 PIERRE 1.5-6, BIBLE EN FRANÇAIS COURANT*

TROUVEZ UN GUIDE

Un autre moyen de vous occuper pendant ce temps d'attente consiste à chercher un guide ou tuteur. Il s'agit d'une personne en qui vous avez une confiance totale et qui est capable de vous conseiller, de vous guider, de vous reprendre, bref, quelqu'un qui est là quand vous en avez besoin.

Ma grand-mère est l'un de mes guides. Elle a soixante-quinze ans, et c'est l'une des personnes les plus gentilles, les plus belles et les plus charmantes que je connaisse. Mon grand-père est mort il y a huit ans ; depuis, ma grand-mère et moi avons beaucoup voyagé ensemble. Nous sommes allées à la plage, dans un gîte, et nous espérons nous rendre ensemble en Angleterre. En plus de sa compagnie que j'apprécie énormément, j'aime être avec elle pour profiter de son influence ; j'aimerais qu'elle déteigne sur moi.

J'ai souvent admiré le respect que mes jeunes amis chinois vouent à leurs aînés. On leur enseigne à estimer la sagesse que leurs parents et grands-parents ont acquise.

Malheureusement, ces derniers temps, principalement sous l'influence de la culture occidentale, nombre de ces jeunes immigrés ont décidé d'abandonner les valeurs traditionnelles de leurs parents et de leurs grands-parents, et ils ont tourné le dos à la morale. Leurs parents leur avaient enseigné la décence et un style de vie modeste, mais ils vivent dans une culture qui encourage tout, sauf la décence et la modestie ! Filles et garçons ont l'impression d'être pris en sandwiches entre les coutumes ancestrales et le style de vie des adolescents occidentaux.

Dans le passé, le respect que les jeunes avaient pour leurs aînés et le temps qu'ils passaient avec eux les préservaient de beaucoup de problèmes. L'ordre et la morale étaient sauvegardés grâce à la sagesse communiquée par le biais de ces guides ou tuteurs (même s'ils n'en avaient pas le nom).

Aujourd'hui, comme de moins en moins de jeunes cherchent les directives de guides, il en résulte des difficultés croissantes. L'apparition de gangs d'Asiatiques occidentaux révèle une quête d'identité chez ceux qui ont rejeté les valeurs de leurs parents et cherchent un sentiment d'appartenance ailleurs. Ces adolescents ont un impérieux besoin de l'influence pieuse de bons mentors.

Dans toutes les cultures, les mentors peuvent exercer une grande influence. C'est malheureusement un art qui a tendance à se perdre. Remettez-le à l'honneur ! Demandez à votre mère, à votre père, à un oncle ou une tante, ou même à un grand-parent d'assumer ce rôle de mentor pour vous. Le cas échéant, adressez-vous à une personne plus âgée de votre église, du même sexe que vous. Ecoutez l'histoire de leur vie. Etudiez ensemble. Priez ensemble. Vous serez étonné(e) par la quantité de choses que vous apprendrez.

Demande aux femmes âgées de mener une vie qui plaît à Dieu. Elles ne doivent pas dire du mal des autres, ni être esclaves de la boisson. Qu'elles enseignent ce qui est bien. Qu'elles apprennent donc aux jeunes femmes à aimer leur mari et leurs enfants, à être des personnes raisonnables et pures. Elles doivent s'occuper de leur maison, être aimables, obéir à leur mari. Alors on ne pourra pas dire du mal de la parole de Dieu. Encourage aussi les jeunes gens à être raisonnables.

TITE 2.3-6, PAROLE DE VIE

SAGES CONSEILS

Mes autres grands-parents et guides sont mariés depuis cinquante-cinq ans. Ils rient, se taquinent et font grand cas de la vie. Je leur ai récemment demandé de me donner un échantillonnage de leur sagesse sur différents sujets. Voici le déroulement de notre conversation :

Rébecca (moi) : Quel conseil donneriez-vous aux jeunes gens concernant les relations entre filles et garçons ?

Grand-mère : De notre temps, on ne parlait pas beaucoup de sexe, contrairement à aujourd'hui. Le sexe est une chose sacrée. Ne vous permettez pas trop de liberté dans ce domaine, n'en parlez pas trop et ne montrez pas trop de marques d'affection dans vos relations. Une limite ténue sépare la pureté de la liberté sexuelle. Notre corps est le temple de Dieu. Si nous abusons du don sacré de la sexualité, nous profanons un des plus beaux cadeaux que Dieu nous a faits.

Grand-père : Laissez d'abord votre relation évoluer lentement vers des fiançailles et un engagement solide. Dans l'ordre d'importance, le mariage, et la personne que vous épouserez, viennent immédiatement après votre relation avec Dieu. Votre choix n'aura pas seulement des conséquences sur vous et votre futur conjoint, mais également sur votre future famille et d'autres personnes autour de vous.

Grand-mère : Ne vous isolez pas à deux ; faites partie de groupes, car c'est ainsi que se développera l'amitié entre vous. Le temps viendra où vous vous retrouverez seuls à deux, mais ne le faites pas trop souvent ni trop tôt. Le groupe vous offre l'avantage d'être vous-même et à l'autre d'être lui-même.

Grand-père : Soyez amis avant d'être amoureux. Veillez à ne pas vous mettre « sous le même joug que les incroyants » sur le plan spirituel ; je veux dire par là de ne pas vous engager avec quelqu'un qui ne partage pas votre foi. Faites reposer votre fréquentation amicale et sentimentale sur un solide fondement spirituel. C'est la condition d'un mariage durablement heureux. Il importe aussi de bien connaître la famille dans laquelle vous envisagez d'entrer.

N'allez pas vous placer sous le même joug que les incroyants, d'une manière absurde. Comment, en effet, ce qui est juste pourrait-il s'associer à ce qui est mauvais ? Comment la lumière pourrait-elle s'unir à l'obscurité ?

2 CORINTHIENS 6.14, BIBLE EN FRANÇAIS COURANT

Il est très délicat, et parfois dangereux, de tomber amoureux d'une personne qui n'est pas chrétienne. Ne croyez pas pouvoir la changer ou la convertir. La Bible nous met en garde fortement. Le non chrétien tire malheureusement plus souvent le chrétien vers le bas que le chrétien ne le tire vers le haut. Vous ne voulez certainement pas forcer quelqu'un à « prendre une décision pour Christ » seulement pour vous faire plaisir. Vous risquez de découvrir plus tard que cette décision n'était pas sincère ; qu'elle fut prise simplement pour vous avoir. Laissez Dieu l'attirer à Lui. Vous imaginez-vous passer toute votre vie avec une personne qui ne comprend pas vos aspirations les plus profondes ? Le lien qui nous unit à Jésus est le lien le plus sacré qui soit.

Note : On a souvent dit qu'on n'épousait pas seulement une personne mais lui et sa famille : ses parents, ses grands-parents, ses frères et sœurs. Combien c'est vrai ! Si vous ne vous entendez pas avec la mère de votre petit ami maintenant, il y a peu de chances pour que vous vous entendiez avec elle une fois mariée. La mère est-elle jalouse de son fils ? On ne voit pas pourquoi cette relation pourrait changer. Garçons, vous disputez-vous avec le frère ou la sœur de votre petite amie ? Ces relations conflictuelles risquent de se poursuivre après le mariage. Ses parents et grands-parents se mêlent-ils de votre relation maintenant ? Il est probable qu'ils mettront leur nez dans vos affaires une fois que vous serez mariés.

Selon un vieux dicton, une femme peut savoir comment elle sera traitée une fois mariée en observant comment son futur mari traite sa mère. Même si ce n'est pas toujours vrai, cette parole contient cependant une part de vérité. Le jeune homme parle-t-il avec respect et bienveillance à sa mère, ou lui adresse-t-il des paroles dures et blessantes ? Vous savez alors ce qui vous attend, jeunes filles. Et vous, garçons, comment la fille que vous comptez épouser considère-t-elle son père ? Est-elle rebelle ? Peut-être n'a-t-elle pas beaucoup de respect pour le genre masculin.

ET SI PERSONNE NE S'ANNONCE ?

Lorsque je parle d'attendre patiemment celui ou celle que Dieu nous destine, on me pose souvent la même question : « Et si le mariage, et par voie de conséquences les relations sexuelles, ne faisaient pas partie du plan de Dieu pour moi ? Que faire si Dieu n'a pas prévu que quelqu'un m'attende ? »

Je ne prétends pas avoir toutes les réponses, mais je sers un Dieu qui Lui, les a. Même s'il vous est très difficile d'imaginer que Dieu puisse vous appeler à mener une vie de célibataire, le mieux que vous ayez à faire est de Lui faire confiance, sachant qu'Il ne se trompe jamais. David écrivit : « Fais de l'Éternel tes délices, et Il te donnera ce que ton cœur désire » (Psaumes 37.4). Jésus déclare encore : « Votre Père sait de quoi vous avez besoin, avant que vous le Lui demandiez » (Matthieu 6.8). Soyez assuré(e) que Dieu a toujours en vue votre bien suprême. Nous y reviendrons au chapitre 7.

Je connais des gens qui se sont mariés par peur de la solitude ou pour de simples raisons sexuelles. Les résultats ont été désastreux. « Mieux vaut habiter à l'angle d'un toit, que de partager la demeure d'une femme querelleuse. » (Proverbes 21.9). Un ami marié me dit récemment : « Il vaut mieux être célibataire que souhaiter l'être. » En tant que célibataire, je me débats souvent avec le problème de la solitude, mais les gens mariés aussi ! Que Dieu nous appelle au mariage ou au célibat, cela revient finalement au même : c'est à Lui que nous devons réserver notre premier amour, et sur Lui que nous devons fixer notre regard.

> *J'aimerais mieux que tout le monde soit comme moi, mais chacun reçoit de Dieu un don particulier : l'un celui-ci, l'autre celui-là. Pourtant, à ceux qui ne sont pas mariés et aux veuves, je dis : si vous restez comme moi, c'est une bonne chose pour vous. Mais si vous ne pouvez pas être maîtres de votre corps, mariez-vous ! Il vaut mieux se marier que de brûler de désir.*
>
> *1 CORINTHIENS 7.7-9, PAROLE DE VIE*

Seigneur Jésus, aide-moi à mettre pleinement à profit ce temps d'attente et de rêve concernant mon futur conjoint. Merci de m'avoir donné tant d'amis merveilleux et de membres de famille pour m'entourer dans cette phase d'attente. Merci pour les mentors que Tu as placés sur ma route. Apprends-moi à être altruiste, à me soucier des besoins d'autrui avant de penser aux miens. Je veux jouir de la vie abondante que Tu m'as donnée. Montre-moi dans quels domaines je dois progresser. Ouvre-moi ton cœur. Je désire tout ce que Tu as en réserve pour moi.
Je T'aime, Agneau de Dieu.
En ton nom. Amen.

Chapitre 5

AMOUR ET MARIAGE

La perspective de me donner en toute pureté à mon mari le jour de notre mariage constitue l'une de mes plus grandes joies. Voici le récit touchant d'une jeune fille qui partage la même ambition :

J'entendis pour la première fois parler « d'attendre » lors d'une conférence de jeunes dans une église que je fréquentais. Ce jour-là, je promis à Dieu et à mon futur mari, mon esprit, mon corps et mon âme. Cet été-là, nous nous sommes rendus en famille dans la région natale de mon père. Dans une petit magasin, nous avons trouvé une alliance. Je pris le temps de choisir celle qui me plaisait. Mon père me la paya. Dehors, devant les gens qui m'observaient, je pris un engagement verbal. Je déclarai fièrement que j'attendrai le mariage avant de me donner à un homme. Mon père s'agenouilla et passa l'anneau à mon doigt. Des larmes perlaient dans mes yeux, et mon père ne put retenir les siennes. Il m'embrassa et me dit qu'il était très fier de ma décision.

J'ai dix-sept ans, et je porte toujours l'alliance. Je tiens bon dans ma résolution. Les gens me demandent ce que signifie cette alliance que je porte au doigt, et ce qu'elle représente. Je le leur dis en souriant. Même si la tentation est là, me regardant droit dans les yeux, je dis non. Ma promesse est ferme. Dieu et mon futur conjoint le méritent. Je ne sais pas quel est l'homme que Dieu a prévu pour moi, mais je sais qu'il y en a un. Je prie pour lui tous les soirs. Et j'attends.

Ce que nous attendons

Mon amour, en disant
« Jusqu'à ce que la mort nous sépare »,
Je le pense de tout mon cœur.
Je te serai fidèle maintenant et à jamais.

DAVANTAGE QU'UN SENTIMENT

Karleen, ma meilleure amie, est une jeune fille douce, merveilleuse et toujours radieuse. J'ai fait sa connaissance à un camp de jeunes. C'était en 1995. Pendant des années, j'avais prié pour rencontrer une amie comme elle.

A l'âge de dix-huit ans, Karlen a épousé Jason, le garçon qu'elle avait fréquenté pendant cinq ans. Je fus ravie d'être parmi les demoiselles d'honneur à son mariage. Elle m'avait demandé de composer un chant pour son mariage. J'écrivis donc le chant suivant et l'interprétai, accompagnée à la guitare par Gary, le frère de la mariée.

De maintenant jusqu'à la fin des temps,
Ma vie t'appartient, et la tienne m'est donnée.
Je promets de t'aimer, et tiendrai cet engagement.
Je promets d'être fidèle tout au long des années.

Arrête-toi, écoute mon cœur,
Je ne puis vivre sans toi.

Qu'est-ce qui pourrait nous séparer ?
Arrête-toi, et sache que je veux te donner
Mon amour pour l'éternité.

Je serai à tes côtés,
Je t'aimerai à jamais.
Je serai à tes côtés
Je m'engage à jamais.

De cet amour, nous vivrons
Avec joie, nous nous donnerons
L'un à l'autre, mon plus précieux ami.

Je t'offre ces mains pour te servir,
Et confie ce cœur aux tiennes.
Vivons et apprenons à mieux être un,
Sachant que notre Père nous conduit sur le chemin.

Ecoute-moi, arrête-toi ;
Ce jour représente pour moi
Beaucoup plus que tu ne le crois.
Arrête-toi, et sache que je veux te donner
Mon amour pour l'éternité.

Dans la richesse et la pauvreté,
Dans la maladie et la santé
Je te servirai, je t'aimerai,
Et ne t'abandonnerai jamais.

Maintenant qu'elle est mariée depuis six ans, j'ai demandé à Karleen de me dire ce que représentaient pour elle les promesses échangées lors du mariage. Voici ce qu'elle m'a dit :

Le jour de mon mariage, j'étais au septième ciel ! Que de sentiments se bousculaient dans mon cœur ! Mais je n'ignorais pas que des jours viendraient où je n'éprouverais plus ces sentiments d'exaltation. C'est alors que les promesses faites le jour du mariage prennent toute leur valeur !

Je te reçois comme époux et je me donne à toi.
Il est mon mari, et il le sera toujours. Le mariage, c'est aussi le bonheur tout simple d'avoir un compagnon pour la vie. Le jour du mariage n'est en somme que le point de départ d'une aventure. Nous sommes plus que des individus, nous formons une équipe.

Dans le bonheur ou dans les épreuves.
Malgré les moments difficiles, et ceux au cours desquels je n'éprouve pas pour mon mari l'amour que je devrais lui témoigner, je me suis engagée à vie dans le mariage et auprès de mon mari.

Dans la richesse, comme dans la pauvreté.
Que nous soyons riches ou que nous ne possédions rien, nous sommes heureux parce que nous sommes l'un à l'autre et que nous avons une famille.

Dans la maladie, comme dans la santé.
Si mon mari est malade, je suis à ses côtés. Rien ne pourra changer mon amour pour lui.

De l'aimer et de le chérir.
Le mari d'une amie est mort récemment. Cela m'a appris à ne jamais considérer que mon mari m'est acquis pour la vie. C'est dans les petites choses de la vie qu'on peut montrer à quel point on aime son conjoint.

Jusqu'à ce que la mort nous sépare.
Certaines choses sont dévastatrices et même mortelles pour un mariage, mais aucune d'elles ne m'amènera à vouloir me séparer de mon mari. Je me suis engagée à rester auprès de lui jusqu'à la mort.

J'en prends Dieu à témoin.
Ca c'est du sérieux ! C'est une chose sacrée. Dieu pose sa main sur notre mariage. C'est Lui qui nous a unis. C'est donc son mariage et envisager une séparation, ce serait L'attrister.

Mère Teresa, l'une des femmes que j'admire le plus, dit un jour : « Chaque fois qu'un individu entre en contact avec nous, il doit devenir meilleur et différent, parce qu'il nous a rencontré. Nous devons rayonner de l'amour de Dieu… L'amour intense ne se mesure pas… Il donne tout simplement. »

Vous vous êtes purifiés en obéissant à la vérité, pour vous aimer sincèrement comme des frères. Aimez-vous donc ardemment les uns les autres, d'un cœur pur.

1 PIERRE 1.22, BIBLE EN FRANÇAIS COURANT

Tous doivent respecter le mariage. Mari et femme doivent rester fidèles l'un à l'autre. Dieu jugera ceux qui ont une vie immorale et ceux qui sont adultères.

HÉBREUX 13.4, PAROLE DE VIE

Deux raisons m'ont poussée à inclure dans ce livre ces promesses et ce qu'elles signifient pour une jeune femme mariée. Je tenais d'abord à ce que vous ayez un exemple d'un mariage réussi, dans lequel l'amour et l'engagement tiennent une grande place. Je voulais aussi que vous preniez conscience du sérieux de l'engagement conjugal. Aujourd'hui, trop de gens banalisent ou prennent à la légère l'alliance du mariage. Relisez les promesses qu'échangent les époux et laissez-vous imprégner de leur beauté et de leur gravité.

CE QUE NOUS ATTENDONS RÉELLEMENT

L'idée courante du couple est loin de celle que Dieu avait à l'origine. Nous avons donc besoin de faire abstraction des idées reçues pour en quelque sorte reprendre la question à zéro. Nous avons tous été tellement marqués par les divorces, les scènes de ménage, les séparations, les adultères et le mépris pour l'alliance que contractent les époux, qu'il n'y a rien d'étonnant à ce que notre image de l'amour vrai et véritable soit faussée.

Dans les milieux chrétiens, on a intitulé 1 Corinthiens 13 le « chapitre de l'amour » . Il contient quelques-uns des meilleurs qualificatifs que la Bible donne de l'amour authentique. Dieu a également veillé à ce que nous ayons des exemples de ce que doit être l'amour conjugal pur.

La Bible brosse du mariage un portrait parfait dans l'exemple de Christ qui a donné sa vie pour son Épouse, l'Église. Il laisse ainsi au mari l'exemple suprême de ce qu'est l'amour qu'il doit témoigner à son épouse et de la protection qu'il doit lui assurer. Comme c'est le cas dans notre attitude au sein du corps de Christ, nous devons rester soumises et accepter cette protection. C'est évidemment une image de la femme mariée très différente de celle donnée par le monde. Pour celui-ci, les relations en général et les relations conjugales en particulier gravitent autour du principe : « Moi, moi et moi. » La société développe en nous une mentalité qui consiste à dire : « S'il me plaît, alors je resterai avec lui » ou « Si elle fait ce que je lui demande, j'accepte de vivre avec elle. » Ce sont là des engagements conditionnels et, en fin de compte, pur égoïsme.

La Bible nous offre une perspective radicalement différente : chacun renonce à ses droits pour se mettre au service de l'autre. Voulez-vous découvrir le secret d'un mariage heureux que tous les gens bien mariés aimeraient partager avec vous ? Votre mariage ne sera jamais heureux aussi longtemps que vous ne vous intéresserez qu'à vous-même. J'ai entendu de nombreuses personnes, dont mes parents, dire que leur vie conjugale a pris un essor considérable à partir du moment où elles ont appris à donner, à aimer et à servir avant de penser à recevoir, être aimées et servies. Ce principe, nous pouvons déjà l'appliquer à notre vie de célibataire, car il est valable dans bien d'autres domaines que celui du mariage. Si nous cherchons à nous mettre au centre, nous favoriserons le développement de l'égoïsme, et nous serons malheureux. En revanche, si nous confions sans réserve notre vie à Dieu, pour L'aimer et pour nous mettre au service des autres, la joie remplira notre cœur.

> *Celui qui voudra garder sa vie la perdra ; mais celui qui perdra sa vie pour moi la retrouvera.*
>
> *MATTHIEU 10.39, BIBLE EN FRANÇAIS COURANT*

UN GRAND AMOUR

Mon père m'a souvent raconté que lorsqu'il s'est marié, il avait l'impression que ce serait une perpétuelle lune de miel. Il avait une vue idéaliste du mariage parce que ses parents ne s'étaient jamais querellés (en tout cas pas devant lui). Alors, quand il s'est rendu compte que le mariage n'était pas une lune de miel non-stop, il a commencé à lire des livres sur le mariage pour trouver une explication.

Il mit finalement la main sur le livre *Bouleversement intérieur*, de Larry Crabb, qui modifia complètement sa vision des choses. Cet ouvrage, qui n'est pourtant pas un livre sur le mariage, lui apprit l'importance de l'amour inconditionnel : aimer sans s'attendre à être aimé en retour. Maman répondit alors à cet amour inconditionnel, et leur vie conjugale s'améliora nettement.

Aujourd'hui, mon père ne manque pas de dire à tout le monde : « Je suis plus amoureux de ma femme que jamais. » L'amour que mes parents se témoignent est un exemple et un encouragement pour moi. J'espère vivre un jour ce « grand amour ». Mon père m'a également déclaré que s'il vaut la peine d'être vécu, le grand amour doit se cultiver, ce qui n'est pas une mince affaire. Il ajouta : « Le mariage fut un choc pour moi, car il me fit comprendre à quel point j'étais égoïste. » Il faut faire des efforts pour atteindre le grand amour.

> *Mais vous, frères, vous avez été appelés à la liberté. Seulement ne faites pas de cette liberté un prétexte pour vivre selon les désirs de votre propre nature. Au contraire, laissez-vous guider par l'amour pour vous mettre au service les uns des autres.*
>
> *GALATES 5.13, BIBLE EN FRANÇAIS COURANT*

Voici quelques mots au sujet d'un couple qui a travaillé dur pour construire et préserver son grand amour, et qui en a été récompensé.

C'est l'histoire authentique d'un couple qui décida de faire le nécessaire pour que l'amour conjugal dure. Le mari et la femme cherchèrent donc les moyens d'y parvenir. Leurs recherches les amenèrent entre autres à se convertir. Pour maintenir actif leur amour réciproque, ils adoptèrent le principe du partage intégral.

> Nous avons parlé longuement des mesures à prendre pour que notre amour perdure. Ce qui ressortit de nos entretiens n'était rien moins que le secret central de l'amour durable : le partage. Nous nous sommes interrogés : « Qu'est-ce qui attire deux êtres à devenir intimes et à s'aimer ? Certes, il y a le mystère de l'attirance physique, mais derrière cela, il y a les choses qu'ils partagent… Nous allons ainsi créer des milliers de brins, petits et grands, qui nous lieront ensemble.

Une profonde communion, tel était le secret de leur grand amour réciproque. Ils se savaient attachés l'un à l'autre. Appliquons ce même principe à nos relations ordinaires de tous les jours ; ces amitiés solides nous donneront la force d'attendre. Je ne pense pas seulement aux relations sentimentales, mais également aux liens que nous tissons avec nos parents, nos frères, nos sœurs et nos amis du même sexe. La force se trouve dans le partage, dans la connexion. Je suis persuadée qu'il y aurait beaucoup moins d'immoralité sexuelle si les jeunes n'avaient pas le sentiment d'être « seuls face au monde entier ».

Ce couple découvrit encore autre chose : « ce qui tue l'amour, c'est la séparation qui s'installe et grandit, c'est considérer l'amour comme acquis une fois pour toutes... Cesser de faire des choses ensemble. Trouver des centres d'intérêt séparés. Le *nous* qui devient *je*. L'importance du *moi*. Ne plus tenir compte de l'autre : *J'ai l'intention de…* »

Nous pouvons adopter ces principes et les mettre en pratique dans nos relations présentes ; ils nous aideront à attendre, car nous ne nous sentirons plus seul(e).

ESPÉRER QUOI ?

Alors que nous attendons le « grand amour » de notre vie, voici quelques caractéristiques qu'à mon avis, nous devrions tous chercher chez un futur conjoint. Ce sont des vertus que nous avons également intérêt à posséder et à cultiver :

- la bonté
- un esprit de service
- la patience
- un cœur joyeux
- du discernement
- l'amour pour Dieu
- de la générosité
- de l'altruisme
- un cœur rempli d'espérance
- de la bienveillance
- de la franchise et de l'honnêteté

L'homme ne voit que ce qui frappe les yeux, mais l'Éternel regarde au cœur.

1 SAMUEL 16.7, BIBLE DU SEMEUR

CONSEILS MATERNELS

A quoi ressemble un mariage conforme au dessein divin ? Comme le plus beau modèle d'entente conjugale que j'ai eu sous les yeux est celui de mes parents, j'ai demandé à ma mère de me livrer ses pensées sur le mariage. Voici notre conversation :

Quels conseils donnerais-tu à des jeunes, conseils que tu aurais toi-même aimé avoir avant ton mariage ?

> Avancez lentement sur le sentier des fréquentations. Notre culture est axée sur le sexe aujourd'hui. Notre nature déchue est encline à flirter avec les interdits, avec la limite de ce qui est permis. Ajoutez-y l'influence des films et des émissions télévisées, et tout se combine pour nous donner envie d'essayer nous-même. A cause des exemples qui nous entourent, vous devrez d'autant plus chercher activement à prendre les choses lentement. Fixez des limites qui favoriseront le

développement progressif et harmonieux de votre relation sentimentale.

Ne vous lancez pas trop jeune dans des fréquentations sentimentales. Si vous n'êtes pas en mesure de vous marier dans les trois ou quatre ans à venir, alors vous êtes trop jeune pour fréquenter sérieusement une personne du sexe opposé.

Pour bien connaître quelqu'un, vous avez besoin de le voir dans son environnement habituel, au milieu des siens, tout comme lui a besoin de vous voir vivre dans votre famille. Chez vous, vous êtes plus détendu(e) et moins susceptible de masquer vos défauts. Observez le comportement de la personne au sein de sa famille.

Pour connaître quelqu'un, il importe de lui parler beaucoup. Les conversations favorisent l'établissement et la consolidation des amitiés. C'est un moyen de sonder une personne. Une bonne communication constitue un solide fondement pour le mariage.

Que représente pour toi l'échange des promesses le jour du mariage ?

Lorsqu'on se marie, je ne pense pas qu'on réalise tout ce qu'implique l'échange des promesses. On sait tout au plus qu'on s'engage pour la vie. Dans un sens, cette perspective est effrayante, parce qu'on ne sait pas ce que la vie nous réserve. A cause de la peur de l'inconnu, pour pouvoir prendre ces engagements et avoir la paix intérieure, il fallait que j'aie la certitude que l'homme que j'épousais correspondait au plan de Dieu pour moi.

Lorsque je me suis engagée par mes promesses, j'avais la certitude que « toutes choses coopèrent au bien de ceux qui aiment Dieu, de ceux qui sont appelés selon son dessein » (Romains 8.28). A cause de cette promesse, je pus faire confiance à Dieu pour l'avenir.

On ne sait jamais si on sera riche ou si on devra habiter dans une bicoque ; on ne sait pas si le conjoint ne sera pas victime d'un accident qui le laissera tétraplégique, ou s'il ne fera pas une grave dépression. Quoi que l'avenir puisse réserver à votre conjoint, vous vous engagez à l'aimer. Comment pourriez-vous le faire si vous n'êtes pas ancré(e) sur le solide fondement qu'est Jésus ?

Comment sais-tu que telle personne entre dans le plan de Dieu pour toi ?

Faites de votre relation un sujet de prière constant. Dites à Dieu : « Seigneur, j'aime la personne que je fréquente, mais j'aimerais savoir ce que Toi, Tu penses. » Vous devez être prêt(e) à rompre avec cette personne si vous avez l'intime conviction que Dieu oppose son veto à votre relation sentimentale. En Lui confiant totalement vos problèmes sentimentaux, vous allez au-delà des désirs humains et de l'attraction charnelle. Cet abandon à Dieu situe votre relation sur un solide fondement car lors des moments difficiles, vous pourrez affirmer : « Cette personne m'a été accordée par Dieu ; je vais donc compter sur SA force pour prendre les problèmes à bras-le-corps. »

Cet abandon à Dieu préserve la relation et l'amour de devenir possessifs. Lorsque quelqu'un décide de devenir égoïste et d'étouffer autrui, son amour ne peut jamais se développer ; il s'étiole et meurt. L'amour vrai n'est pas égoïste ; il ne cherche jamais à posséder l'autre. Au contraire, car l'amour authentique est partage de vie.

Il faut ensuite savoir si la personne en question entre ou non dans le plan de Dieu pour votre vie. Dans notre cas, Dieu a confirmé sa volonté pour nous par l'intermédiaire d'autres personnes que nous respections grandement. Elles ont approuvé notre fréquentation. J'avais personnellement beaucoup prié pour des signes de confirmation. Indépendamment l'une de l'autre, deux personnes âgées m'ont encouragée dans la voie que j'envisageais de suivre. Dieu peut se servir de différents moyens pour nous faire connaître sa volonté. Il se sert notamment de notre lecture biblique et de notre culte personnel, de nos moments de tête à tête avec Lui, des membres de notre famille et de nos amis qui nous connaissent le mieux.

Les humains tracent leur chemin, mais c'est le Seigneur qui assure la marche.

PROVERBES 16.9, PAROLE DE VIE

Seigneur, je le sais, l'homme n'est pas capable de se conduire comme il faut ; il n'a pas les moyens de diriger ses pas dans la bonne direction.

JÉRÉMIE 10.23, BIBLE EN FRANÇAIS COURANT

Quels conseils peux-tu donner après vingt-sept ans de mariage ?

Maintenez une communication ouverte. Ne conservez pas de secrets.

Restez vous-même ; permettez au conjoint de connaître le fond de votre cœur, de voir ce qui se passe au-dedans de vous.

Entretenez la flamme sentimentale.

Entreprenez des activités ensemble, même des choses insignifiantes de la vie quotidienne.

Intéressez-vous à ce qui passionne votre conjoint, même si au début, cela vous coûte. Trouvez-y quelque chose à aimer.

Riez, cherchez le bon côté des choses.

Partagez avec votre conjoint vos expériences de la journée.

Accordez-lui toujours le bénéfice du doute.

Trouvez du temps pour rester tout simplement ensemble, et protégez ces moments.

> Cherchez les moyens de vous mettre au service l'un de l'autre.
> L'amour ne s'exprime pas uniquement par des mots ; il se fait aussi connaître par des actes.
> Donnez comme on offre un sacrifice. Même si cela vous est difficile, donnez à votre conjoint ce qui lui fait plaisir. C'est votre façon de lui communiquer votre profond amour pour lui. Faites ce qui est difficile, ce que *vous* trouvez difficile, sachant que votre conjoint aimerait que vous le fassiez.

Ma mère est formidable. Je ne sais pas ce que je ferais sans sa vision des choses et sans ses conseils pratiques. En cultivant la fidélité et l'engagement maintenant, vous travaillez en vue de vos relations futures, qu'elles soient dans le cadre du mariage ou du célibat. Comprenez qu'en prenant l'engagement de rester sexuellement pur(e) avant le mariage, vous êtes dès maintenant fidèle à votre futur conjoint avant même de l'avoir rencontré. La fidélité dans le mariage sera d'autant plus facile à pratiquer que vous l'aurez exercée avant le mariage. Demandez à Dieu de vous aider à persévérer dans la fidélité et à développer en vous un esprit de service, de vous donner un cœur qui aime inconditionnellement sans rien exiger en retour. Dans les petites choses de la vie comme dans les grandes, si vous cherchez sa volonté pour votre présent et votre avenir, Dieu vous montrera comment Il veut vous rendre mature. Le résultat final vaut assurément la peine d'attendre.

Jésus, roi de mon cœur,
Tu m'as donné le plus grand exemple de ce que doit être un vrai mariage. Aide-moi à imiter le modèle suprême, Toi. Je Te soumets mes projets. Je les dépose à tes pieds. Je Te fais confiance pour mon avenir.
Je prie pour mon futur conjoint, si tel est ton plan pour ma vie. Que ce futur conjoint puisse rester pur. Merci pour l'exemple d'amour véritable que Tu m'as fait connaître.
Dans ton précieux nom. Amen.

Chapitre 6

UNE DEUXIÈME CHANCE

Dieu est un Dieu qui pardonne,
qui offre une nouvelle chance.
Voici le récit émouvant de la maman
d'une jeune mariée remplie d'espérance
en face des pertes matérielles :

Ma fille est mariée depuis peu. Avant le début de la cérémonie, nous avons diffusé la mélodie de votre chant « Attends-moi ». Sur ce fond musical, nous avons projeté des photos de ma fille et de son mari. Ma fille aime beaucoup ce chant parce que vous parlez d'une deuxième chance. Cette notion fut importante pour tous les deux : en effet, trois semaines avant le mariage, une tornade a balayé notre région et a complètement détruit la maison de mon futur gendre, avec bon nombre de décorations en vue de la cérémonie et de cadeaux de mariage. Même les alliances furent égarées ! Heureusement, on les retrouva ! Ce fut un miracle. On put également sauver une partie de la décoration.

Mais je sais que Dieu était là, parce que mon gendre était sur son lieu de travail. Ma fille avait programmé de se rendre à la maison pour l'aménager, mais en dernière minute son patron eut besoin d'elle, ce qui est extrêmement rare, car elle ne travaille jamais le lundi. S'ils avaient été dans la maison ce jour-là, ils auraient été tués.

Or, si la tornade fut dévastatrice, elle permit aux deux de repartir à zéro. Elle fit disparaître des choses encombrantes et même certains mauvais souvenirs.

Une chose échappa au désastre : le CD *Transform*, de Rebecca St. James. Il n'avait jamais été retiré de la voiture de ma fille !

Un article paru dans la presse locale s'étonnait de ce que les deux jeunes donnent suite à leur projet de mariage alors qu'ils avaient perdu presque tout ce qu'ils possédaient. Ils purent témoigner que Dieu tenait la situation bien en main.

La cérémonie fut une magnifique célébration qui mettait un terme aux fiançailles telles qu'on les vivait autrefois. Notre gendre demanda de courtiser notre fille ; avant de la demander en mariage, il implora notre bénédiction. Depuis le jour où je suis devenue chrétienne (ma fille avait seulement quatre ans), j'ai prié pour son futur mari. Je dis à Daniel que s'il était celui qui allait épouser Stéphanie, cela faisait seize ans que je priais pour lui. Il en fut abasourdi et me remercia.

Pardon et espoir pour ceux qui se culpabilisent et qui souffrent

Je sais que tu as peut-être commis des erreurs
Mais le pardon existe
Et avec lui une nouvelle chance.
C'est pourquoi, mon amour,
Attends-moi,
Attends-moi.

TU ES AIMÉ(E)

Chaque fois que j'aborde la question de la pureté sexuelle, j'estime qu'il importe aussi de parler du pardon. Il y a quelques années, une jeune fille monta à l'arrière de la scène et me raconta son histoire. Les larmes aux yeux, elle me dit qu'elle avait fréquenté un garçon pendant un certain temps ; il commença alors à faire pression sur elle pour qu'elle accepte de faire l'amour avec lui. Elle s'y opposa quelque temps, mais finit par céder ; ils couchèrent donc ensemble.

Une semaine après cette nuit passée ensemble, il rompit

avec elle. Elle était complètement désemparée. Elle ne comprenait pas pourquoi il avait agi ainsi et décida d'aller le trouver pour obtenir des explications. Il lui répondit qu'il avait voulu coucher avec elle pour se persuader qu'il ne l'aimait pas. Imaginez-vous l'impact de ces paroles ?

Dépitée, la jeune fille s'adonna à la drogue et à l'alcool et eut de nombreux partenaires sexuels. Elle me montra sur son bras les marques d'un suicide manqué. Le message qu'elle voulait me faire comprendre était très simple : « Ne laissez pas les gens suivre le même chemin que moi. Avertissez-les des dangers de relations sexuelles en dehors du mariage. »

Elle était tellement meurtrie et brisée par ce qui lui était arrivé que cela se voyait dans son récit, dans ses yeux et dans ses larmes. Je lui dis que si elle avait demandé au Seigneur Jésus de lui pardonner, elle était alors une nouvelle créature. J'écrivis sur sa main : « Je suis aimée. » Je lui dis de regarder sa main tous les jours et de croire que cette parole est vraie. Maintenant que les mots se sont effacés, j'espère qu'elle regarde encore sa main et qu'elle se souvient.

Mais Dieu nous a prouvé à quel point il nous aime : le Christ est mort pour nous alors que nous étions encore pécheurs.

ROMAINS 5.8, BIBLE EN FRANÇAIS COURANT

LE PARDON N'EST PAS FACULTATIF

Récemment, je me suis entretenue avec deux amis qui ont des choses intéressantes à dire au sujet du pardon. Je les appellerai Romain et Sandra, pour sauvegarder leur anonymat. Romain me déclara n'être devenu chrétien qu'à l'âge de vingt-six ans. Malheureusement, avant sa conversion, il commit de nombreux écarts dans le domaine de la pureté sexuelle. Maintenant il est marié, heureux en ménage ; il a trois garçons et est entré dans le ministère chrétien. Je lui demandai de me dire quelles étaient ses réflexions concernant la sexualité et le pardon. Voici ce qu'il me répondit :

Je dirai d'abord que le monde a monté la sexualité en épingle. Même dans le mariage, on place trop l'accent sur les relations sexuelles. Je me rends compte aujourd'hui que la réalité sexuelle n'exprime pas l'essentiel de l'intimité conjugale ; c'est un bienfait en surplus, mais pas le bienfait primordial. Le pardon n'est pas facultatif. Si nous appartenons à Christ, Dieu nous a pardonné ; nous n'avons donc pas le droit de ne pas pardonner aux autres ou à nous-mêmes.

Les gens expliquent souvent que les relations sexuelles hors mariage ont des répercussions physiques et spirituelles, mais j'entends rarement parler des conséquences émotionnelles, comme le sentiment de culpabilité et les problèmes d'absence d'estime de soi. En me rappelant mes fautes passées, Satan essaie de me distraire, de me séduire et de me faire me sentir indigne de l'amour de Dieu. J'ai alors besoin de m'appuyer sur ces vérités comme celle énoncée en 2 Corinthiens 10.5 : « Nous renversons les raisonnements et toute hauteur qui s'élève contre la connaissance de Dieu, et nous amenons toute pensée captive à l'obéissance au Christ. » Tous, nous regrettons certaines choses de notre passé, mais ce dont nous devons nous souvenir, c'est que Dieu est plus grand que n'importe quel obstacle à surmonter. Rien n'est trop grave ou trop mauvais pour que Dieu ne puisse le pardonner. Dieu peut guérir n'importe qui.

Romain me dit encore autre chose : pour permettre à Dieu d'être le Seigneur de notre vie, nous guérir et nous renouveler, nous devons descendre de notre propre trône. Lorsqu'il prononça ces paroles, il me vint soudain à l'idée que souvent nous essayons de prendre la place de Dieu et que nous comparons sa faculté de pardonner à la nôtre. C'est comme si, en refusant le pardon de Dieu, nous décidions par nous-mêmes, à la place de Dieu, ce que nous pardonnerons et ce que nous ne pardonnerons pas. Quelle folie !

Il met entre nous et nos mauvaises actions autant de distance qu'entre l'est et l'ouest.

PSAUMES 103.12, BIBLE EN FRANÇAIS COURANT

CONFIEZ-LE À DIEU

Sandra s'était convertie alors qu'elle était en CM2, mais elle abandonna cette voie et passa des années à n'en faire qu'à sa tête. Pendant ce temps, elle eut plusieurs relations sexuelles. Elle aussi avait certaines choses à me dire en toute honnêteté :

> Si vous avez des relations sexuelles en dehors du mariage, vous devrez vivre avec les cicatrices de ces expériences, car toute action entraîne des conséquences. C'est d'ailleurs pour cela que Dieu nous exhorte de manière générale à ne pas pécher. Mais Il peut retourner les situations et se servir de nos erreurs pour notre bien.

Au début, elle crut ne pas pouvoir s'adresser aux personnes qui menaient le même genre de vie qu'elle avait mené ; elle ne se sentait pas apte à remettre en question chez eux ce qu'elle-même avait fait. Puis elle se dit que Dieu pouvait justement se servir d'elle pour guider les gens dans la bonne direction du genre : « Je suis passée par là, n'y allez pas. » En guise de conclusion, elle me laissa ces mots : « Je souhaite que les gens découvrent que s'ils confient à Dieu cet aspect de leur vie, Il en prendra soin. Mais Il ne peut assurer le contrôle de notre vie que si nous Lui en confions les rênes. Alors seulement, Il peut nous bénir. »

ACCEPTEZ LA GUÉRISON DE DIEU

Il y a plusieurs mois, je discutais avec Dale Reeves, mon éditeur, à propos de ce livre. Nous étions au restaurant, par une soirée hivernale glaciale. Mon père, qui est aussi mon manager, était présent pour faire avancer les discussions. Il y avait également une amie que j'appellerai Blandine. Tandis que nous échangions nos idées sur le contenu de mon livre, Blandine gardait le silence. Je sus plus tard qu'après avoir quitté le restaurant, elle rentra chez elle et versa toutes les larmes de son corps. Notre discussion avait remué des souvenirs pénibles en elle, et elle estimait que ce livre ne s'adressait plus à elle. Elle avait perdu sa virginité à la suite d'un horrible abus sexuel.

Cette nuit-là fut le catalyseur qui permit à Blandine de recevoir la guérison de ses blessures. Elle comprit qu'elle n'avait pas abandonné sa virginité volontairement ; elle s'y était opposée de tout son être et n'avait été vaincue que physiquement. Elle estimait donc être restée vierge. Mais cette idée ne l'avait jamais effleurée avant ce moment. Elle accueillit avec un bonheur immense cette révélation ; dans son enthousiasme elle scandalisa même sa grand-mère en lui disant qu'elle était toujours vierge et qu'elle le resterait jusqu'au mariage. Combien je suis fière d'elle ! L'autre jour, elle me déclara : « Grâce à la libération et à la guérison que Dieu accorde, je sais qu'à ses yeux je suis pure, aussi blanche que la neige, précieuse et vierge. »

> *Venez donc, dit le Seigneur, nous allons nous expliquer. Si vos crimes ont la teinte du sang, peuvent-ils devenir blancs comme neige ? S'ils sont rouge vermillon, peuvent-ils prendre la blancheur de la laine ?*
>
> *ÉSAÏE 1.18, BIBLE EN FRANÇAIS COURANT*

PARDONNEZ LE MAL

Voici le témoignage touchant d'une jeune fille qui fréquente l'université et avec laquelle j'ai des échanges depuis quelque temps déjà :

> Petite fille, j'ai été abusée sexuellement par mon oncle entre dix et treize ans. C'est seulement depuis ces dernières années que je me débats avec ma blessure profonde. Je me rends compte que j'ai érigé autour de moi un rempart épais pour tenter de dissimuler ma souffrance. J'ai aussi découvert que cette habitude se propage et que nous élevons des murs dans tous les domaines de la vie. En essayant de chasser la souffrance, j'ai paralysé non seulement les mauvais sentiments,

mais également tous les bons souvenirs que je conserve de mon enfance. Je tenais le raisonnement suivant : « Essaie de ne rien ressentir et tu ne souffriras pas. »

Pour briser ce cercle vicieux, il fallait d'abord que je dise à quelqu'un de proche que j'avais été abusée. Si vous vous trouvez dans cette situation, *vous devez vous adresser à quelqu'un et lui raconter votre histoire. Plus vous partagez avec autrui le drame qui vous est arrivé, moins cela aura de prise sur vous. Vous vous êtes partiellement déchargée de votre fardeau. Vous ne subissez plus toute la pression.*

C'est donc par là que j'ai commencé. Il est vraiment important de trouver un conseiller chrétien, parce que vous pouvez lui dire librement ce que vous ressentez et comprendre pourquoi vous vous sentez ainsi. Après une expérience d'abus sexuel, on se sent terriblement seul. Lorsque vous vous ouvrez et faites part de vos souffrances aux autres, vous constatez que beaucoup de gens éprouvent les mêmes sensations et les mêmes sentiments que vous. Après avoir pris à bras-le-corps le problème de la souffrance, vous commencez à éprouver les émotions opposées, la joie et le bonheur.

Nous avons tous tendance à demander pardon à Dieu, puis à reprendre sur nous le poids de ce même péché. C'est aussi souvent le cas avec l'abus sexuel. On pense avoir pardonné à la personne qui a fait le mal, mais cette souffrance revient et on se demande si on a vraiment pardonné au coupable. Quand cela m'arrive, je demande à Dieu qu'Il m'aide à oublier la souffrance et à pardonner à mon oncle. Ce qui m'aide alors à pardonner, c'est la pensée que si Dieu m'a tellement pardonné, comment pourrais-je, moi, ne pas pardonner à cet homme le mal qu'il m'a fait. Tout comme le péché de cet oncle m'a fait souffrir, mon péché fait souffrir Dieu, et Il continue cependant à me pardonner. Si nous prétendons être sans péché, sa Parole n'est pas en nous.

En effet, si vous pardonnez aux autres le mal qu'ils vous ont fait, votre Père qui est au ciel vous pardonnera aussi. Mais si vous ne pardonnez pas aux autres, votre Père ne vous pardonnera pas non plus le mal que vous avez fait.

MATTHIEU 6.14-15, BIBLE EN FRANÇAIS COURANT

Si nous prétendons être sans péché, nous nous trompons nous-mêmes et la vérité n'est pas en nous. Mais si nous confessons nos péchés, nous pouvons avoir confiance en Dieu, car il est juste : il pardonnera nos péchés et nous purifiera de tout mal. Si nous disons que nous n'avons pas péché, nous faisons de Dieu un menteur et sa parole n'est pas en nous.

1 JEAN 1.8-10, BIBLE EN FRANÇAIS COURANT

Mon amie ressentit longtemps un sentiment de culpabilité et de honte, estimant qu'elle avait fait quelque chose de mal. A partir du moment où elle commença à dire aux autres ce qui lui était arrivé, elle fut en mesure de croire qu'elle n'avait rien fait de mal et n'était donc pas à blâmer. Elle connut les premiers effets de la guérison lorsqu'elle s'ouvrit aux autres. J'aime le message de Galates 6.2 : « Portez les fardeaux les uns des autres, et vous accomplirez ainsi la loi du Christ. » Lorsque mon amie mit ce conseil en pratique, elle fut délivrée.

VIVRE ET MOURIR SANS PEUR

En décembre 2001, j'ai été invitée à chanter à l'occasion des obsèques d'un jeune soldat tombé en Afghanistan. Quelques jours plus tôt, notre bureau reçut un e-mail des parents de la jeune veuve. Par amour pour leur fille, ils me demandèrent de venir et de chanter « Attends-moi ». Je sus plus tard que le CD *Transform* avait été la dernière chose que son mari lui avait donnée avant son départ pour l'Afghanistan. « Attends-moi » était « leur chant préféré ».

C'était également touchant d'entendre ce que les représentants du gouvernement et les autres orateurs avaient à dire de ce soldat. Un homme dit quelque chose que je ne suis pas prête d'oublier : « Le brave ne vit pas toujours longtemps, mais le poltron ne vit pas du tout. » La mort du soldat courageux et ces paroles m'enseignèrent des choses utiles pour la vie. Si nous vivons dans la peur, nous ne vivons pas vraiment.

Parfois, à cause de blessures antérieures, nous redoutons les relations avec des personnes du sexe opposé. J'ai un ami dont les parents viennent de divorcer. Il a eu du mal à accepter qu'une âme sœur partage sa vie, parce qu'il craignait qu'elle le rejette comme son père avait rejeté sa mère. Nos peurs nous asservissent et nous portent à croire les mensonges de Satan au lieu de nous cramponner au plan divin pour notre vie, un plan rempli d'espoir. Mon ami eut désespérément besoin de découvrir que, par la grâce et le pouvoir de Dieu, il pouvait connaître un nouveau départ ; la décision de rupture de ses parents n'avait pas à influencer la vie commune dans laquelle lui et sa femme entreraient un jour.

Moi aussi, j'ai dû affronter la peur. Bien que j'aie eu de nombreux amis masculins et qu'il n'y ait pas eu de relation sentimentale avec eux, j'ai maintes fois été meurtrie. Comme je suis issue d'une autre culture (l'Australie), j'ignorais que dans ce pays (les États-Unis), lorsqu'on dit : « Je veux que nous restions simplement amis », cela veut dire en réalité : « Je ne veux plus te voir ». Or, j'étais sincère quand je disais vouloir garder des liens d'amitié avec certains garçons. Mais ils crurent que je les rejetais et ils se détournèrent alors de moi. Je dus lutter contre ce qui était devenu la perspective d'un rejet culpabilisant, comme si je méritais d'être repoussée, alors que je tenais tant à avoir des amis et rien de plus.

Pour vous, le mal est peut-être plus profond. Il se peut que vous ayez donné votre cœur et même votre corps à quelqu'un dans le passé, et vous craignez que pareille mésaventure se renouvelle. Sachez que cette crainte ne vient pas de Dieu. Si vous avez confessé votre péché à Dieu, vous êtes entièrement pardonné(e). Vous n'êtes plus sous la condamnation ; un avenir heureux peut vous sourire.

Quand on aime, on n'a pas peur. L'amour parfait chasse la peur. En fait, on a peur quand on attend une punition. Celui qui a peur n'aime donc pas de façon parfaite.

1 JEAN 4.18, PAROLE DE VIE

CHASSEZ L'OISEAU

Récemment, j'eus à me produire lors d'une convention de conseillers chrétiens. A cette occasion, j'ai rencontré un conseiller d'Australie, un de mes cousins éloignés (que le monde est petit !). Nous nous sommes donc tout de suite sentis proches l'un de l'autre, et avons entamé une discussion approfondie sur le sujet très fréquent des inquiétudes. Il me fit part d'une belle analogie qui m'a permis de me débarrasser de certaines de mes inquiétudes et de mes craintes.

Cet ami comparait l'inquiétude à un oiseau. Si vous laissez l'oiseau des craintes malsaines et non fondées faire son nid dans votre esprit, il peut provoquer toutes sortes de catastrophes. La conduite à tenir consiste à ne pas permettre aux inquiétudes de nicher en nous, mais simplement de voler au-dessus de nous. Il existe un moyen efficace pour chasser le souvenir de blessures passées et la crainte de nouvelles. Demandez à Dieu de vous pardonner, puis pardonnez-vous vous-même et enfin pardonnez à la personne qui vous a fait du mal. Apprenez par cœur le verset suivant :

> *Car moi, le Seigneur, je sais bien quels projets je forme pour vous ; et je vous l'affirme : ce ne sont pas des projets de malheur mais des projets de bonheur. Je veux vous donner un avenir à espérer.*
>
> *JÉRÉMIE 29.11, BIBLE EN FRANÇAIS COURANT*

Si la blessure se fait sentir à nouveau ou si des inquiétudes assaillent votre esprit, confiez-les à Dieu ; chassez-les loin de vous !

> *Car l'Esprit que Dieu nous a donné ne nous rend pas timides ; au contraire, cet Esprit nous remplit de force, d'amour et de maîtrise de soi.*
>
> *2 TIMOTHÉE 1.7, BIBLE EN FRANÇAIS COURANT*

> *N'oublie pas que je t'ai recommandé d'être courageux et fort. Ne tremble pas, ne te laisse pas abattre, car moi, le Seigneur ton Dieu, je serai avec toi partout où tu iras.*
>
> *JOSUÉ 1.9, BIBLE EN FRANÇAIS COURANT*

UN NOUVEAU DÉPART

Voici le témoignage d'une autre femme qui avait eu des relations sexuelles avant le mariage, mais qui saisit la nouvelle chance de repartir à zéro :

> J'ai trois enfants, et je prie tous les jours pour qu'ils restent purs. Je n'ai pas eu cette chance. Ma vie sexuelle a commencé quand j'avais seize ans. Mais à dix-sept ans, j'ai renoué avec Dieu. Je me suis repentie et Dieu m'a fait cadeau d'une nouvelle virginité. Il m'a même fait la grâce d'épouser le seul homme avec qui j'avais eu des rapports sexuels. Mais les conséquences émotionnelles et spirituelles furent lourdes à porter. J'ignorais qu'il me faudrait des années pour triompher de mon égarement dans le domaine de la pureté.
>
> Au cours des premières années de mariage, nous avons souffert, quoique nous n'ayons jamais connu d'autres partenaires sexuels. Je ne pense pas que quelqu'un m'ait avertie des souffrances que j'aurais à endurer, mais je suis là pour attester formellement qu'il n'est jamais bon d'aller contre la volonté de Dieu dans le domaine de la pureté (comme dans les autres d'ailleurs).

> *Enlève mon péché, et je serai pur, lave-moi et je serai parfaitement purifié. Fais-moi entendre les chants et la fête. Alors je danserai de bonheur, moi que tu as brisé. Détourne ton visage de mes péchés, efface toutes mes fautes.*
>
> *PSAUMES 51.9-11, PAROLE DE VIE*

Si vous avez déjà fait un faux pas, comprenez que Dieu peut vous donner un nouveau départ à condition que vous le vouliez ! Vous devez le désirer ardemment. Peut-être avez-vous perdu votre virginité, mais celle-ci ne se réduit pas à l'aspect physique. La virginité s'exprime aussi par votre attitude et votre façon de penser. Elle affecte votre façon de vous voir et de voir les autres. Elle impose d'abord l'acceptation du pardon de Dieu, puis le pardon que vous vous accordez à vous-même, dans la certitude que vous *pouvez* perdre vos mauvaises habitudes et recevoir la guérison divine de vos anciennes blessures. Ce n'est pas parce que vous avez commis une erreur par le passé que vous êtes condamné(e) à la reproduire à l'avenir. Je ne sais qui a prononcé cette parole, mais je l'apprécie beaucoup : « A défaut de pouvoir changer le passé, attachez-vous à améliorer l'avenir. »

Comment faire ?

L'ancien top model Kim Alexis propose ces cinq conseils sur son site Internet :

- Prenez l'engagement dès maintenant de vous conserver pur(e) en vue du mariage, et croyez que vous pouvez le tenir.
- Eloignez-vous des gens, des lieux, des objets et des situations qui affaiblissent la maîtrise de soi. La meilleure chose à faire est parfois d'éviter les gens qui nous tentent.
- Evitez les baisers fougueux, les caresses intenses et tout comportement ou pensée qui éveille le désir. Au-delà d'un simple baiser, tout peut devenir dangereux.
- Trouvez le moyen de manifester votre amour et votre appréciation autrement que physiquement.
- Rappelez-vous que n'importe qui peut recommencer à zéro, y compris vous. Si vous insistez sur l'engagement et l'autodiscipline, vous pouvez maîtriser vos pulsions.

Alors, si quelqu'un est uni au Christ, il est créé à nouveau. Ce qui est ancien est fini, ce qui est nouveau est là. Tout cela vient de Dieu. Il nous a réconciliés avec lui par le Christ et il nous a demandé d'annoncer cette réconciliation.

2 CORINTHIENS 5.17-18, PAROLE DE VIE

Père divin, je Te demande pardon pour mes péchés. Aide-moi à me pardonner à moi-même. Tu connais les recoins les plus reculés de mon cœur. Tu connais mes faux pas. Tu connais mes regrets. Tu connais ma culpabilité. J'aimerais pouvoir me tenir pur(e) devant Toi. Je veux vivre sans crainte. Merci d'avoir lavé les traces de mon péché. J'accepte ta guérison.
Merci, Seigneur Jésus, d'avoir pris sur Toi mes fautes à la croix.
En ton nom miséricordieux. Amen.

Chapitre 7

VOILÀ UNE BONNE QUESTION

> **Nous avions commencé à travailler sur la vidéo de présentation de la chanson « Attends-moi ».**

Nous avions fait passer des tests pour dénicher le garçon qui jouerait le rôle de celui que j'attends. Aucun ne convenait. En observant sur l'écran témoin tous les garçons qui défilaient, je me dis que nous étions encore loin de trouver celui qui répondrait à nos exigences. Mon amie Amy me dit alors qu'elle connaissait un mannequin qui avait de l'expérience dans le domaine des clips vidéos et qui serait peut-être prêt à jouer ce rôle fictif. Nous lui avons téléphoné, et il arriva ! Sa prestation fut exceptionnelle. Voici ce qu'il m'écrivit plusieurs mois après la fin de la séance de tournage du clip vidéo :

> Je tenais à vous dire d'abord combien j'ai d'emblée aimé l'album. Je veux que vous sachiez ensuite que je fais ce métier pour être un témoin du Christ. J'ignore si je vous ai dit que j'étais chrétien. En fait la raison principale qui m'a poussé à devenir mannequin est que je pouvais introduire Dieu dans un univers qui était et qui reste très corrompu.
>
> J'ai récemment déménagé à Hollywood pour me consacrer à ma musique et à ma carrière, et j'ai découvert un monde sans Dieu. Je me reprends : ces gens-là ont un dieu, ou plutôt des dieux, la boisson, les films X et la drogue. J'ai eu beaucoup de mal à accepter cet état de choses, mais je crois que Dieu se sert de moi. J'ai exposé mes convictions de façon très claire, et on me respecte à cause de cela. Vous devriez voir le visage des gens quand je leur parle de mon abstinence ! C'est hilarant ! J'en suis fier. Encore merci d'avoir fait appel à moi pour votre clip. Je suis heureux d'avoir pu jouer un rôle dans quelque chose de profond et de bon.

Questions et réponses sur la sexualité

Mon amour, attends-moi.

PAR SON POUVOIR

Nous avons reçu beaucoup de lettres et d'e-mails à propos du chant « Attends-moi ». En fait, cette chanson a suscité beaucoup plus de réactions que tout ce que j'avais pu enregistrer auparavant. Ce chant semble avoir fait vibrer une corde sensible dans le cœur de nombreux auditeurs à travers le monde. Je voudrais donc conclure ce livre en répondant à quelques-unes des questions le plus souvent posées, en espérant que nos conseils pratiques vous donneront des armes dans ce combat spirituel vers la reconquête du rêve et vous aideront à tenir ferme dans votre pureté sexuelle.

Comment résister à la pression d'avoir des relations sexuelles en dehors du mariage, surtout si j'en ai déjà eues ?

La seule façon de résister à la tentation consiste à s'appuyer sur la force de Dieu. Je vous encourage à vous tourner vers Dieu et à Lui demander la force de tenir bon. J'ai parlé récemment à une de mes amies qui a fait l'amour avant son mariage. Voici ce qu'elle m'a dit :

> Je vois maintenant que ce que je croyais être une preuve d'amour était précisément le contraire ; c'était de l'égoïsme, de la convoitise, et cela ne venait pas de Dieu. Vous placer dans des situations où *cela risque d'arriver* n'est pas une bonne idée, car *cela finit par arriver.* Jésus l'a bien dit : « L'esprit est bien disposé, mais la chair est faible. » C'est pourquoi la Bible exhorte à fuir la tentation, à ne pas s'y exposer.
>
> Je comprends maintenant que Satan me faisait croire au mensonge que j'étais indigne et impardonnable, et je l'ai cru. Ce mensonge m'a encouragée à poursuivre dans ce genre de vie et à avoir des rapports sexuels avant le mariage. Chaque fois que j'ai voulu y mettre fin, c'était avec ma propre force, et non celle de Dieu. Inutile de préciser que ma résolution ne tenait jamais longtemps.
>
> Seule la force de Dieu permet de mener une vie de pureté.

A Dieu qui a le pouvoir de faire infiniment plus que tout ce que nous demandons ou même imaginons, par la puissance qui agit en nous, à lui soit la gloire...

ÉPHÉSIENS 3.20-21, BIBLE EN FRANÇAIS COURANT

Pouvez-vous donner des conseils pratiques pour rester pur(e) non seulement de corps, mais aussi de cœur et d'esprit ?

Cette question touche un point important. Si on n'est pas décidé à rester pur de cœur et d'esprit, il y a peu de chance qu'on le reste de corps. Du temps passé avec Dieu au quotidien est essentiel pour la pureté du corps, des sentiments et des pensées. D'après Éphésiens 5.26, nous avons été purifiés par la Parole de Dieu. Quand nous rencontrons Dieu, les choses de la terre pâlissent et passent à l'arrière-plan. Comme je l'ai dit plus haut dans ce livre, il importe de veiller à ce qui nourrit nos pensées. Si vous fourrez des ordures dans vos pensées, elles y restent et inspirent vos décisions. Tissez des liens d'amitié bons et solides avec des personnes capables de vous encourager sur la voie de la pureté du corps, du cœur et de l'esprit. Certains livres peuvent également vous encourager dans ce domaine.

Comment être « simplement amis » avec un garçon ?

Je crois qu'il est possible de cultiver des relations de pure amitié avec des membres du sexe opposé. Pour cela vous devez refuser d'emblée que le sentiment amoureux vienne assombrir votre relation (tout en sachant que certains des mariages les plus solides sont la suite de bonnes amitiés !). C'est beaucoup plus difficile si vous avez déjà été amoureux l'un de l'autre. En général, l'un des deux s'accroche, espérant quelque chose de plus. Pour qu'une réelle amitié puisse exister dans ces conditions, il faut de la sagesse, de la prière, de la patience et beaucoup d'honnêteté.

Si vous connaissez quelqu'un qui est attiré par vous, mais que de votre côté vous souhaitez seulement une relation d'amitié, dites-le-lui franchement. Essayez de ne pas être exagérément gentil. Vous l'empêcherez d'avoir de faux espoirs et vous vous épargnerez des problèmes compliqués et inutiles. Quand on est célibataire, l'amitié avec des membres du sexe opposé est extrêmement utile.

Quand est-on allé trop loin dans le péché sexuel ?

Très bonne question ! Elle nous est posée plus souvent que les autres.

Même s'il n'y a pas de code biblique précis dans ce domaine, voici quelques conseils pratiques pour fixer des limites physiques. Première règle : interdire les caresses sur toute partie du corps que couvre un maillot de bain deux pièces. Cela tombe sous le sens. Deuxième règle : ne pas permettre qu'une partie quelconque de votre corps entre dans une partie appartenant au corps de l'autre et vice versa. Cela concerne le rapport sexuel, la fellation, l'excitation des organes sexuels du partenaire. A bien réfléchir, le baiser avec la langue entre aussi dans cette catégorie. Les avis peuvent diverger sur ce point, mais la question à se poser est la suivante : « En le pratiquant, ne serai-je pas tenté(e) de faire ensuite ce qui va à l'encontre de mon désir de pureté ? » Soyez honnête avec vous-même, avec votre petit(e) ami(e), et avec Dieu.

Il est aussi formellement recommandé de n'ôter aucune pièce de tenue vestimentaire. Mes amies les filles, même si vous conservez tous les deux vos vêtements, le fait qu'un garçon s'étende sur vous ne peut que faire naître du trouble. Et si vous estimez que vous auriez du mal à expliquer à votre futur conjoint ce que vous avez fait avec quelqu'un d'autre, c'est que l'idée n'était pas bonne. Plus important encore, si vous pensez que vous aurez du mal à justifier vos actions devant Dieu, c'est qu'il vaudrait mieux les éviter.

Mais le Seigneur est fidèle. Il vous fortifiera et vous gardera du Mauvais.

2 THESSALONICIENS 3.3, BIBLE EN FRANÇAIS COURANT

Et si Dieu me demandait de rester célibataire toute ma vie ? Deviendrais-je amère et irrité contre Dieu à cause de cela ?

A mon avis, il vaut mieux rester célibataire qu'épouser une personne qui ne vous convient pas. Vous seriez insensé(e) d'épouser quelqu'un par peur de la solitude ou d'être oublié(e).

Quant à l'amertume et à la colère, cela dépend de vous. Si vous croyez vraiment que Dieu a un plan pour votre vie, et si vous Lui faites entièrement confiance, comment pourriez-vous vous irriter contre Lui, en estimant que vous savez mieux que Lui ce que devrait être votre vie ? Je suis arrivée à la conclusion que je ne dois pas passer tout mon temps à chercher un mari. Je crois que Dieu a un projet pour moi (Jérémie 29.11), qu'Il répondra à tous mes besoins selon sa glorieuse richesse (Philippiens 4.19) et qu'Il souhaite me voir Lui accorder une confiance totale (Proverbes 3.4-6).

Fais confiance au Seigneur, agis comme il faut, et tu resteras au pays, tu y vivras en paix ; trouve auprès du Seigneur ton plaisir le plus grand, et il te donnera ce que tu lui demandes. Remets ta vie au Seigneur, compte sur lui, et il fera le nécessaire. Grâce à lui ta bonne foi apparaîtra comme le jour qui se lève, et ton bon droit comme le soleil en plein midi. Reste en silence devant le Seigneur, attends-le avec patience. Ne t'irrite pas si certains réussissent et si d'autres intriguent.

PSAUMES 37.3-7, BIBLE EN FRANÇAIS COURANT

Comment trouver une jeune fille qui soit bien ancrée dans sa foi ? Y a-t-il autre chose que je puisse faire à part prier ?

La prière est la chose la plus importante que nous puissions faire pour notre futur conjoint et notre futur mariage. Lors d'une convention, j'ai rencontré un garçon qui m'a demandé : « Dois-je attendre que Dieu m'envoie une jeune fille, ou dois-je me montrer actif pendant cette phase d'attente ? »

L'idéal n'est pas de papillonner d'église en église pour trouver l'homme ou la femme de nos rêves. Notre responsabilité consiste à rester ouverts à des amitiés avec des gens du sexe opposé, de nous montrer tel(le)s que nous sommes dans notre vulnérabilité. Les problèmes surgissent lorsque les gens se préoccupent tellement de se protéger derrière leurs murs qu'ils refusent de se lier d'amitié avec des personnes de l'autre sexe.

Je crois sincèrement que notre rôle est de chercher

Dieu d'abord et d'être ouverts à ses directives. Dieu veut que nous acceptions d'être vulnérables, et de faire un pas en direction de l'autre pour le connaître, mais de faire ce pas sans crainte. Si j'essaie de forcer la main à Dieu en « L'aidant » ou en Lui suggérant de faire ceci ou cela, je serai encore plus solitaire, plus déçu(e), et angoissé(e) par ma solitude.

Chaque fois que je commence à m'inquiéter du temps que Dieu met à s'occuper de ma recherche d'un conjoint, Il me suggère une petite pensée qui me fait aller de l'avant. Une image s'impose à mon esprit : je me projette dans l'avenir, heureuse avec mon mari, et je me demande pourquoi j'ai eu peur que Dieu ne réponde pas à mon besoin !

Les humains font beaucoup de projets, mais c'est la volonté du Seigneur qui se réalise.

PROVERBES 19.21, PAROLE DE VIE

Je désire écrire un poème pour mon futur mari. Pourriez-vous m'aider ?

Je n'ai peut-être pas écrit de poème pour mon futur mari, mais je lui ai déjà adressé de nombreuses lettres d'amour ! J'ai composé une chanson d'amour intitulée « Attends-moi » (les poèmes sont de la même trempe). Dans mes lettres d'amour, je parle à mon futur mari de façon simple et familière, comme si nous nous connaissions depuis longtemps (ce qui sera vrai lorsqu'il les lira). Souvent, j'écris mes lettres quand je me sens seule et que je languis après lui. Je lui dis alors ce que je ressens.

A ces moments particuliers, je lui fais connaître les pensées et les sentiments qui m'habitent alors, pour qu'il puisse voir des tranches de ma vie à différentes étapes. Je lui ai même dit comment je me l'imaginais ; ce sera amusant lorsque je serai en face de lui et que je pourrai me rendre compte si j'ai visé juste ou non. Je lui ai révélé certains de mes rêves et ce que j'aimerais faire avec lui à l'avenir. Ce sont des idées qui pourront vous inspirer.

Si vous n'avez pas couché avec quelqu'un avant de vous marier, comment saurez-vous si vous êtes compatibles sur le plan sexuel ?

Ce qui me gêne dans cette question, c'est que vous me donnez l'impression d'acheter un cheval ! Vous ne devez pas choisir votre partenaire pour la vie en vous basant sur ses prouesses sexuelles. Ce n'est pas l'aspect principal du mariage. Dieu nous a créés pour que nous puissions connaître la jouissance sexuelle dans le cadre du mariage (c'est d'ailleurs le thème du Cantique des cantiques, dans l'Ancien Testament). L'autre finalité du mariage est la procréation, permettre à une nouvelle génération d'exister. Mon père m'a dit que la connaissance des besoins sexuels du conjoint ne se fait pas en une nuit ; cela nécessite de la patience et des efforts. Je pense que le vieil adage « La pratique perfectionne » s'applique bien dans ce domaine. La vie commune avant le mariage est une erreur morale et ne correspond pas au plan de Dieu pour notre vie.

Il me semble que le besoin le plus crucial dans la relation conjugale est la patience et la compréhension. Il faut découvrir ce qui donnera au conjoint le sentiment d'être mieux aimé. Tout se ramène au désir de se servir l'un l'autre, et non de se servir l'un de l'autre. Il me semble qu'en tant qu'humains, nous ne pouvons pas nous abandonner complètement à l'autre dans la relation sexuelle si nous n'avons pas une confiance totale en lui. Comment faire entièrement confiance à quelqu'un qui refuse de s'engager à vos côtés dans le mariage ?

L'homme doit faire son devoir de mari envers sa femme, et la femme doit faire son devoir de femme envers son mari. La femme ne peut pas faire ce qu'elle veut de son corps : son corps est à son mari. Le mari ne peut pas faire ce qu'il veut de son corps : son corps est à sa femme.

1 CORINTHIENS 7.3-4, PAROLE DE VIE

Comment parler de ce que Dieu pense de la pureté sexuelle à des amis non chrétiens sans donner l'impression d'être meilleur(e) qu'eux ?

Je pense que la meilleure façon de parler de votre décision d'attendre le mariage pour avoir des rapports sexuels et de ce qui l'a motivée (votre obéissance à Jésus) est d'être honnête et vrai. Parlez de votre expérience avec Dieu dans la vie de tous les jours et de ce qui vous a amené(e) à prendre l'engagement d'attendre. Votre interlocuteur sera moins blessé et moins enclin à vous juger « vantard » ou « bigot » si vous êtes honnête avec lui.

Si la personne qui vous a interrogé(e) sur la question de la pureté sexuelle croit ce que vous lui avez dit, vous aurez peut-être l'occasion, à l'avenir, de lui parler de la deuxième chance que Dieu offre. Demandez à Dieu de vous aider à être à son écoute pour bien saisir l'opportunité dès qu'elle se présentera. Vous pourrez alors lui parler du pardon divin. Priez et laissez-vous conduire.

Conduisez-vous avec sagesse envers les non-chrétiens, en profitant de toute occasion qui se présente à vous. Que vos paroles soient toujours agréables et pleines d'intérêt ; sachez répondre à chacun de la bonne manière.

COLOSSIENS 4.5-6, BIBLE EN FRANÇAIS COURANT

Je sais que Dieu doit être le centre de ma vie de célibataire, mais je lutte pour qu'il en soit ainsi et pour ne pas être distrait(e) par mon désir de connaître le grand amour. Comment faire de Dieu la priorité numéro un de ma vie ?

Savez-vous que vous pouvez connaître la plus merveilleuse histoire d'amour romantique avec Dieu Lui-même ? C'est tout à fait possible. Au cours des dernières années, Dieu m'a fait comprendre que si je ne L'aimais pas Lui d'abord, je serais incapable de jouir pleinement de l'amour humain. Au centre de ma vie, il doit y avoir un amour bien ancré pour Dieu, sinon tout le reste est déséquilibré. L'un des facteurs qui m'aide le plus dans ma quête de relation plus profonde avec Dieu et dans mon désir de conserver mon premier amour pour Lui est le temps que je passe à marcher avec Lui.

Il m'arrive parfois de faire une promenade au clair de lune. Juste Dieu et moi (et parfois quelques chiens qui trottent derrière moi). C'est un moment privilégié où je peux épancher mon cœur. J'ai parfois le sentiment que Dieu étend ses bras autour de moi pour me tenir, me réconforter, m'attirer plus près de Lui. C'est le plus fort sentiment de joie jamais éprouvé, et je me demande comment l'amour humain pourrait se comparer à la paix profonde que son amour communique. Vivez une grande aventure d'amour avec Dieu ; Il est l'amour personnifié.

Expose ton activité au Seigneur et tu réaliseras tes projets.
PROVERBES 16.3, BIBLE EN FRANÇAIS COURANT

Dans ce livre nous avons découvert notre besoin de rêver, notre besoin de repartir à zéro dans le domaine de l'amour romantique. J'espère que vous y êtes parvenu(e). Nous avons également compris l'importance considérable que jouent l'esprit et les pensées pour protéger la pureté. Nous avons découvert quelques-unes des conséquences qu'entraîne un écart d'ordre sexuel par rapport au plan de Dieu , et redécouvert la beauté et la joie que procurent les relations amoureuses pures.

Je jouis de ce temps de célibat, et je vous ai montré dans ce livre que, vous aussi, vous pouvez en tirer profit. Je rêve de me marier un jour, et je prie pour que Dieu me prépare à ce grand jour. J'espère que Dieu aura utilisé ces pages pour vous attirer plus près de Lui, pour affermir votre engagement à rester pur(e) dans vos relations sentimentales. Je demande encore à Dieu que sa vérité apporte la guérison à ceux et celles dont le cœur a été meurtri par des rêves brisés et des faux pas douloureux, et qu'elle leur donne à nouveau de croire au merveilleux plan divin pour la vie.

Que Dieu vous bénisse et vous garde pur(e) dans votre cheminement.

Le Seigneur ton Dieu est avec toi : il est fort et t'assure la victoire, il rayonne de bonheur à cause de toi, son amour te donne une vie nouvelle, il pousse des cris joyeux à ton sujet.

SOPHONIE 3.17, BIBLE EN FRANÇAIS COURANT

Seigneur Jésus, je viens à Toi en sachant que Tu as la réponse à tous mes besoins. Tu connais mes pensées. Tu connais mes désirs pour l'avenir. Je veux Te plaire de tout mon cœur, de toutes mes pensées, de tout mon corps. Esprit Saint, remplis-moi. J'ai besoin de Toi. Ta force m'est indispensable pour marcher dans la sainteté. Seigneur, je me donne à nouveau tout à Toi, pour pouvoir Te glorifier. Je m'engage dès ce jour à mener une vie de pureté sexuelle. Aide-moi à fuir la tentation et à courir vers Toi. J'attendrai parce que je veux T'honorer.
Dans ton précieux nom. Amen.

Remerciements

J'exprime ma reconnaissance…

à Dieu qui m'aime ; Il est mon inspiration, ma protection, ma vie… Je pourrais continuer indéfiniment ! Tout ce que ce livre comporte de bon vient de Lui.

à Dale Reeves, mon ami, mon conseiller, mon encyclopédie biblique et mon co-ouvrier avec Christ. Ce livre n'aurait pas vu le jour sans lui. Merci pour sa contribution.

à Éric Welch qui a cru dès le début à cette folle idée ! Merci pour son amitié et pour les superbes photos, riches de symboles, qui enrichissent ce travail.

à Brian Hampton pour être allé de l'avant et avoir été un équipier si agréable. C'est un réel plaisir de travailler avec lui.

à Maman, Papa, Grand-mère, Grand-père et tous mes amis dont j'ai conté l'histoire dans ces pages. Le sentiment de vulnérabilité, l'amour, l'expérience et la sagesse qu'ils m'ont inculqués n'ont pas de prix. Je les en remercie du fond du cœur.

à la remarquable équipe de Thomas Nelson – Brian Hampton, Kyle Olund, Belinda Bass, Kate Etue et Blythe McIntosh – ainsi qu'*à Greg Johnson* pour avoir partagé mon rêve et lui avoir donné corps.

à Teryn Turner et Josh Penner, pour avoir été le « couple parfait » pour mon livre et *à Najee* qui les a rendus encore plus beaux et charmants !

à Ken Farley pour avoir cru à ma chanson « Attends-moi » et pour l'avoir fait entendre.

à Ben Smallbone, pour l'aide bienveillante apportée à ce projet.

à toute la direction de ForeFront et Smallbone pour avoir soutenu cette chanson et élargi la portée de son message de pureté.

à mon arrière-grand-mère Beasley (1901-2002) qui, pendant 101 ans, a mené une vie exemplaire de piété et de pureté.

à vous, lecteur de ce livre, pour bien vouloir ouvrir votre cœur à son message. Puissiez-vous trouver votre repos dans le plan parfait de Dieu pour vous.

TABLE DES MATIÈRES

Les Éditions Farel seraient heureuses
de recevoir vos remarques et réactions
à propos du livre que vous venez de lire.

Veuillez écrire à :

ÉDITIONS FAREL
B.P. 20
77421 MARNE-LA-VALLÉE, Cedex 2, France

E-mail : lire@editionsfarel.com
Site internet : www.editionsfarel.com

LA CHANSON « WAIT FOR ME » DANS LES ALBUMS DE REBECCA ST. JAMES

TRANSFORM
FFD5251
l'album dont est tirée la chanson qui a inspiré ce livre

WAIT FOR ME
FFD42835
album best of

Vous pouvez commander ces albums
ainsi que ceux qui suivent à l'adresse suivante :

SEPHORA

BP 28
26120 MONTELIER

Tél : 04 75 59 93 47 Fax : 04 75 59 93 48

E-mail : contact@sephoramusic.com
Site internet : www.sephoramusic.com

LES AUTRES ALBUMS DE REBECCA ST. JAMES

que vous pouvez également commander à SEPHORA

PRAY

FD5189

WORSHIP GOD

FFD32587

GOD

FFD5141

CHRISTMAS

FFD5176

Rebecca St. James a un site : **www.RSJames.com**

A DÉCOUVRIR
AUX ÉDITIONS FAREL

L'amour... sexe, mensonge et vérité

Jim Burns

ISBN : 2-86314-213-5

Riche de son expérience de 20 années auprès des jeunes, l'auteur parle sans tabou et avec beaucoup de pédagogie de la relation garçon-fille. Son message principal : comment profiter pleinement du cadeau le plus incroyable que Dieu ait placé en nous, la sexualité ?
Petit plus : une présentation et un style d'écriture attrayant.
Voilà un livre qui saura rejoindre le jeune dans ses questionnements les plus profonds.
Cet ouvrage a reçu le prix Jeunesse du livre évangélique 2002.

Les langages de l'amour

Gary Chapman

ISBN : 2-86314-192-9

Voici un *best-seller* très utile qui vous aidera à comprendre parmi les 5 langages d'amour (paroles valorisantes, moments de qualité, cadeaux, services rendus, toucher physique) quel est celui que vous parlez. Il vous aidera également à décoder le langage d'amour de vos proches (amis, famille, petit(e) ami(e)) ?
Ce livre simple et clair est pour tous ceux qui veulent aimer toujours mieux.

Nos livres sont disponibles à la librairie chrétienne la plus proche de chez vous et sur commande dans toute autre librairie. Vous pouvez également les commander à l'adresse suivante (les frais de port seront en plus).

ÉDITIONS FAREL
B.P. 20
77421 MARNE-LA-VALLÉE CEDEX 2
☎ 01 64 68 46 44
🖷 01 64 68 39 90
E-mail : lire@editionsfarel.com
Site : www.editionsfarel.com